Mortelle petite annonce

Hélène Rumer

Mortelle petite annonce

roman

PEARLBOOKSEDITION

Ce roman est une œuvre de fiction. Toute allusion à des personnes, événements réels ou lieux existants est pure coïncidence.

À Nico

« À l'heure de la mort, nul n'est présumé vouloir tromper. »
Nemo praesumitur ludere in extremis.
Proverbe en latin médiéval, auteur inconnu

« C'est mourir deux fois que de mourir par la volonté d'un autre. »
Publilius Syrus, *Sentences,* Ier siècle av. J. C.

Prologue

Ils étaient tous morts ! Le père, la mère et les trois enfants. Tous, d'une balle dans la tête. À jamais gravées dans sa mémoire, ces images la hantent de jour comme de nuit. Toujours les mêmes : celles de ces corps immobiles, de ces visages ensanglantés. Laurie sent ses yeux se remplir de larmes et ses mains se remettre à trembler. Elle n'y peut rien, elle ne peut pas lutter.

Dans la nuit du 27 au 28 juin 2020, peu après 2 heures du matin, des coups de feu avaient résonné et l'avaient réveillée en sursaut. Au début, Laurie pensait que cette pétarade faisait partie de son rêve. Confuse, elle s'était levée, encore somnolente. Derrière la fenêtre de sa chambre, elle était restée dans la pénombre. La nuit était douce et tiède. Aucun mouvement dans la rue déserte, à peine un souffle d'air. Des papillons de nuit dansaient dans la lumière des lampadaires, ils se mêlaient aux grappes d'insectes tourbillonnants. Tout semblait calme. Pourtant, quelque chose en elle était en alerte.

Quelques minutes s'étaient écoulées avant que de nouvelles détonations viennent déchirer le silence de la nuit. Cette fois, elle n'avait pas rêvé, elle les avait bien entendues ! D'abord trois très rapprochées, et une dernière, quelques secondes plus tard. Puis, plus rien. Le silence. Aucun doute : les tirs provenaient de l'intérieur de la maison.

Son cœur battait à tout rompre et elle sentait la sueur couler le long de ses flancs. Elle avait grimpé les marches qui faisaient communiquer son studio en rez-de-jardin avec le reste de la maison. Elle avait avancé jusqu'au pied de l'escalier et aperçu un rai de lumière sous la porte des chambres des enfants. Aucun bruit, pourtant. Un silence de plomb régnait dans la maison.

Tapie dans l'ombre, elle était restée pétrifiée, muette de terreur. Elle devait se calmer, maîtriser ses tremblements, retrouver sa respiration. Combien de temps avait-elle attendu avant d'emprunter l'escalier ? Dix, quinze minutes ? Peut-être plus. Ces minutes lui avaient paru une éternité. Une fois parvenue à l'étage, elle avait ouvert la première porte.

Devant ses yeux, soudain, une vision insoutenable. Une déflagration des sens. Polo, figé dans le sommeil de la mort, une mare rouge répandue sur sa taie d'oreiller. Elle avait poussé un cri de terreur, saisie au bas-ventre par une douleur intense. Il lui avait semblé perdre pied, toucher le fond de l'abîme. Ses jambes la portaient à peine, mais elle devait continuer.

Titubante, elle était entrée dans les chambres voisines : celle d'Augustin, le frère cadet, puis celle d'Antoine, l'aîné. Mêmes scènes d'épouvante. Même impression d'irréalité. Elle était certainement la proie d'une brusque manifestation délirante ; il fallait qu'elle se réveille avant que la folie ne s'empare d'elle. C'était un cauchemar. Elle était à deux doigts de s'évanouir.

La chambre des parents. Avoir la force d'y aller. Longer les murs pour pouvoir se retenir au cas où elle tomberait. Devant la porte. Saisir la poignée. La pousser. Faire un pas.

Faiblement éclairée par la lumière de la salle de bains attenante, la chambre était déserte. Où étaient les parents ? À quelques pas... Dans la salle de bains, le cadavre du père baignait dans son sang. Partout sur les murs, le sol, le miroir, des morceaux de chair et de cervelle. Il régnait un silence écrasant. Laurie était sortie de là en tremblant. Et la mère ? Où était-elle ? Elle avait ouvert la porte au fond du couloir où se trouvait une petite pièce qui servait de chambre d'amis et, là, elle l'avait découverte. Couchée sur le côté, immobile, elle semblait dormir.

La même mare rouge sur son oreiller. Au niveau de sa tempe, un trou béant.

Laurie vivait un cauchemar absolu.

Puis il y avait eu un moment de bascule, tout était venu en même temps : l'effondrement, les pleurs, les vomissements, le goût amer de la bile dans sa gorge et son nez, les tremblements, les frissons de la tête aux pieds... Pas de pensées, pas de cris : juste les images de la mort, du sang et de la chair éclatée, la perception d'un monde froid voilé de gris et de noir. C'était donc ça, l'enfer ?

Entre cette macabre découverte et l'arrivée des secours s'était creusée une béance dans sa mémoire, comme si une balle lui était entrée dans la tête, à elle aussi. Elle n'avait pas de mots pour expliquer cet entre-deux hors de sa conscience.

Laurie, en état de choc, avait été incapable de répondre à la moindre question des secouristes. Des larmes inondaient son visage. Autour d'elle, c'était un vrai branle-bas de combat. Les forces de l'ordre relevaient des empreintes, prenaient des mesures, photographiaient ce que l'on appelait communément la « scène de crime ». Les équipes médicales emballaient les corps sans vie dans des housses plastiques. Les fermetures Éclair glissaient avec un cliquetis métallique. Puis les dépouilles avaient été étendues sur des brancards. On se serait cru dans un polar. Sauf que c'était la vraie vie, celle des gens ordinaires.

Un ambulancier s'était approché d'elle, lui avait pris les mains. Il lui parlait très doucement en la regardant droit dans les yeux. Elle voyait seulement ses lèvres remuer. Mais aucun son ne parvenait jusqu'à ses oreilles, comme si de la ouate isolait ses tympans. L'homme en face d'elle ne lui voulait pas de mal. Il l'avait aidée à se relever avec beaucoup de précaution. Seulement, Laurie avait été incapable de mettre un pied devant l'autre. Alors, il l'avait fait asseoir dans un fauteuil roulant. Avant la fermeture des portes de l'ambulance, elle avait juste eu le temps d'apercevoir des voisins regroupés dans la rue. Ils étaient à peine une poignée. Elle avait aperçu l'effroi et l'incompréhension sur leurs visages défaits.

Dans ce quartier cossu où la vie des habitants s'écoulait sans heurts, le malheur venait de frapper. Cruellement.

I

Marie-Ange

Je viens de mourir. Je me sens étrangement reposée. Dans la chambre à coucher faiblement éclairée par les rayons de lune, je flotte au-dessus de mon corps inanimé. J'ai l'air de dormir. Envahie par une paix intérieure indéfinissable, je me vois suspendue au néant. Hier encore je trouvais la vie trop dure, voilà qu'à présent la mort me semble douce.

C'est donc cela, la mort ? Ce lâcher-prise, cette dissociation du corps et de l'esprit, cette étrange perception du monde alentour à travers le spectre d'une fine brume argentée ? Le détachement absolu de toutes choses terrestres. Comment décrire ce doux état d'apesanteur ressenti pour la première fois ? Un bien-être intense mêlé d'apaisement.

Le plus étonnant, c'est que je n'ai rien vu venir. Je ne me suis pas sentie mourir. On passe son existence à faire comme si la mort n'existait pas, on l'élude, on l'occulte. Sans doute parce qu'elle fait peur, qu'elle est irréversible et que personne n'en est revenu. Et pour cause ! Qui serait assez fou pour retrouver la prison d'un corps, remettre le masque de la comédie humaine ? Ne plus être, flotter à la surface des choses, sans contrainte, tel un esprit abandonné à l'ivresse du vide, à la fluidité d'un souffle d'air, quel bonheur ! Si les gens le savaient, ils ne mettraient pas tout en œuvre pour prolonger leur passage sur terre.

Une fraction de seconde s'écoule, le temps de revoir tous les pans de ma vie à rebours. Je contemple tout ce que j'ai traversé : il y a eu du beau et du moins beau, d'intenses moments de bonheur, et puis le malheur, qui s'est introduit par effraction et s'est installé à demeure. Pour beaucoup de gens de mon entourage, j'avais pourtant la belle vie. À première vue, j'avais en effet tout ce qu'il faut pour être heureuse : un mari, des enfants, une belle maison, un métier gratifiant. Mais les apparences sont souvent trompeuses.

Si l'on me demandait quel est mon plus beau souvenir, je dirais sans hésiter que ce sont mes enfants. Sans eux, ma vie n'aurait pas eu le même sens. Quand ils étaient petits, je passais des heures à m'émerveiller de leur sommeil, de leurs corps abandonnés, de la lenteur du souffle qui soulevait doucement leur poitrine. Chers petits anges, chers enfants, je vous aime, pourtant je m'apprête à vous abandonner. À vrai dire, je n'y suis pas préparée. L'est-on jamais ?

Et Pierre ? Je l'aimais. Enfin, je ne sais plus... Je l'ai aimé, c'est certain. Il n'a pas été un mari idéal, loin de là. Il m'en a fait voir de toutes les couleurs, surtout les derniers temps. Où est-il ?

Je me vois allongée sur le côté, les yeux fermés. Tiens, étrange, ce sang qui a coulé sur mon oreiller. Que m'est-il arrivé ? J'ai deux trous à la tempe. On dirait une blessure par balles. Comment savoir ? Je dormais. Qui aurait pu m'en vouloir à ce point ? Je n'avais pas d'ennemis.

Hier soir, après un bel après-midi passé sur la terrasse au soleil, un dîner rapide, je me suis couchée avec un horrible mal de tête, légèrement nauséeuse, étrangement somnolente. Je me suis endormie très vite, contrairement à d'habitude.

Je me sens bizarre. J'ai conscience d'être ici, mais j'ai aussi le sentiment de m'évaporer, tout doucement. Je ne contrôle rien. Tout se bouscule. Mes pensées vont et viennent, elles virevoltent telles des feuilles mortes. Les souvenirs, la conscience du passé proche émergent et s'imposent à moi.

Laurie

Je l'ai vu combien de fois, ce psy, depuis la nuit du drame ? Je sais pas exactement. Il a des mains fines et soignées avec de longs doigts de pianiste. Les mains, c'est ce que je regarde en premier chez un homme. Il a quelque chose d'attirant dans le regard. Quoi ? Une sorte de lumière, peut-être. Si j'étais pas aussi mal, je dirais que ça ressemble à quelque chose de cool, de rassurant. Il s'appelle Jérôme Feyraud.

J'ai passé les premières séances à pleurer non-stop. C'est dingue, je savais pas qu'on pouvait pleurer autant. Les larmes, c'est comme un trop-plein, du pus qui sort d'une plaie, y a rien à faire qu'attendre. Du coup, j'étais incapable d'aligner deux phrases. Ça a pris du temps avant que je puisse sortir un mot, « verbaliser », comme ils disent. C'est venu progressivement. J'ai commencé par lui parler de mes nuits blanches, de mes crises d'angoisse. Feyraud m'a rassurée : tout ce que je décrivais était « normal ». J'avais subi un « profond traumatisme ».

Il a une voix douce et posée. Moi, j'ai pas l'habitude qu'on me parle gentiment, alors c'est agréable, ça me calme. Il dit que les choses vont s'arranger, que ça prendra du temps. Je dois continuer mon traitement. En aucun cas l'arrêter brutalement.

Il m'a demandé de lui raconter ce qui était arrivé. Il m'a dit que ça faisait rien si tout était pas cohérent, ça le gênait pas que tout soit pas dans l'ordre. Alors, les souvenirs ont commencé à remonter et les mots à sortir de ma bouche. J'ai tenté d'organiser mes pensées. C'était pas toujours très clair, tout se bousculait dans ma tête.

Je lui ai parlé des flashs, des images terriblement nettes, de celles qui l'étaient un peu moins. Et, aussi, des trous de mémoire. De ma terreur quand j'ai entendu les coups de feu dans la maison. Je tremblais comme une malade. Le pire, c'est quand j'ai découvert les corps. J'avais pas de mots pour décrire ces visions.

C'est dur d'être vivante après ça.

En même temps, je sais que je suis une rescapée, alors j'ai pas le droit de me plaindre. Le hasard m'a sauvée. Mais suis-je vraiment sauvée ? J'ai pas reçu de balles. Seulement, ces visions sont comme des balles figées dans ma mémoire. Je voudrais les oublier, les effacer. Je peux pas, je dois vivre avec. La vie sera pas un cadeau après ce qui s'est passé. On m'a dit que j'avais eu une chance incroyable d'avoir échappé à la tuerie : « Eux, ils sont morts. Toi, tu es vivante. » Pourtant, je me sens pas vivante, à peine une survivante. Je peux pas expliquer pourquoi. J'ai peur qu'on me tue, qu'on vienne me coller une balle dans la tête. Je sursaute au moindre bruit, mon cœur se met à battre à deux cents à l'heure. J'ai la trouille de prendre les transports en commun, la foule me fait flipper. Je suis tout le temps sur mes gardes ; quand je marche dans la rue, j'ai l'impression d'être suivie. Je me sens coupable d'être là... Mes nuits sont pleines de fantômes et d'images effrayantes. Être en vie après ça, c'est pas une vie. Sauf que c'est la mienne.

Feyraud, c'est un type bien. Je sais qu'il veut m'aider. C'est son boulot, bien sûr, mais il le fait bien ; j'ai confiance en lui, je sens que je peux tout lui dire et qu'il me jugera pas.

C'est pas comme ce commandant qui m'a convoquée au commissariat le lendemain. C'est l'enquêteur typique qui déroule sa méthode. Il pose les questions, recoupe les informations, s'en tient aux faits, aux éléments concrets. Il est pas méchant, juste un peu lourd. Son seul objectif est de boucler son enquête. Il m'a fait venir plusieurs fois et m'a interrogée pendant des plombes. Il voulait connaître le moindre détail, de mon arrivée au service de la famille jusqu'à cette nuit maudite. Est-ce que, à ma connaissance, les parents avaient des problèmes familiaux ? Des ennemis, des conflits avec des voisins ? S'était-il passé quelque chose récemment, comme un cambriolage ou un acte de malveillance ? « Nous ne devons écarter aucune hypothèse », il a dit. Je suis la première sur sa liste de suspects, à mon avis, mais, si on regarde les choses en face, je me retrouve embringuée dans une histoire qui est pas la mienne. Je lui ai raconté tout ce que je savais. En gros, la même chose qu'à Feyraud. Qu'est-ce que je pouvais faire de plus ? Ce qui est sûr, c'est que j'ai eu la malchance d'être là, de tout entendre ou presque. J'ai juste été au mauvais endroit au mauvais moment.

Ce soir-là, j'étais censée rentrer à Rouen pour passer une semaine chez ma mère. Pas de bol, les trains du soir pour Rouen avaient été supprimés à cause de travaux sur la ligne. Le trafic devait reprendre que le lendemain matin. J'ai changé mes plans au dernier moment, appelé ma mère en lui disant que je partirais le lendemain. J'avais pas envie de retourner tout de suite chez les Jarnac. Je me suis baladée en ville, j'ai glandé dans un café, et je me suis même offert un ciné. Après le confinement, je pouvais bien me faire ce petit plaisir. Je suis rentrée tard, entre minuit et 1 heure. Tout était éteint, j'ai pensé que tout le monde dormait.

Ce qui est sûr, c'est que les parents étaient bizarres. Notre première rencontre m'avait laissé une drôle d'impression. Je sais pas trop comment l'expliquer. Ils avaient pas l'air naturels. On aurait dit qu'ils jouaient la comédie... qu'ils se forçaient à sourire, à paraître à l'aise. Et puis, j'ai tout de suite senti une distance entre leur monde et le mien, une barrière. À la fin de l'entretien, la mère m'avait tendu une main moite ; le père, une main molle.

Pierre

Un corps, c'est un peu comme une maison, on croit le posséder, le contrôler. Erreur! Il est le seul maître à bord. Il nous gouverne entièrement. Il nous envoie des messages clairs : « Eh! Je ne suis pas bien, j'ai de la fièvre, j'ai mal au ventre, je suis fatigué, prends soin de moi! » Si on n'y prend pas garde, il peut carrément nous rendre la vie infernale. Il faut du temps, de la patience, de l'attention pour apprendre à le comprendre, à cerner ses limites. Quand le corps et l'esprit sont au diapason, on a toutes les chances de faire un bon bout de chemin ensemble. Moi, je l'ai compris trop tard.

Gamin, je n'ai pas cessé de me malmener. J'ai commencé à fumer et à boire très tôt. Trop tôt. Qu'est-ce que j'étais con! Je voulais juste faire comme les copains, je me croyais indestructible. J'ai continué sur ma lancée en me disant que j'arrêterais plus tard. Évidemment, je pensais que je pourrais me défaire de mes mauvaises habitudes d'un coup, du jour au lendemain. Ben voyons! Étudiant, j'enchaînais les nuits blanches, les beuveries. Gin, bière, whisky, vodka, tout y passait. Les joints circulaient de main en main. Rien de très original. À cette époque, je fréquentais Nathalie, une jolie brune ambitieuse : je me doutais bien qu'elle s'intéressait à moi parce que j'étais un beau parti. Plus tard, j'ai appris qu'elle allait voir ailleurs dès que j'avais le dos tourné. Mon père était dans les affaires et connaissait une certaine réussite. Ma mère ne travaillait pas, elle occupait son temps entre l'éducation des enfants, l'entretien de la maison et sa bande de copines. Ça lui suffisait. J'ai toujours vu ma mère heureuse.

Un jour, j'ai croisé mon âme sœur, Marie-Ange. J'ai tout de suite su qu'elle était la chance de ma vie. C'était le début de l'été, je m'étais réfugié dans le jardin du Luxembourg après avoir passé la nuit chez des copains. Assis sur l'herbe, je grattais sur ma guitare un vieux tube des Beatles, Michelle. Une jolie voix a repris le refrain derrière moi. En me retournant, j'ai découvert une magnifique jeune femme habillée en blanc. La brise du matin soulevait ses mèches blondes et faisait onduler le pan de sa jupe, révélant des jambes galbées. Elle m'a lancé d'une voix douce : « C'est ma chanson préférée. » Sans me laisser le temps de répondre, elle a enchaîné : « On fait le tour du jardin ? »

Pas la peine de me le demander deux fois. On est partis tous les deux : moi, ma guitare sous le bras ; elle, son sourire aux lèvres et ses boucles blondes retombant sur ses épaules dénudées. On est passés près des terrains de tennis et on s'est assis un peu plus loin sur les pelouses fraîches et ombragées du jardin encore désert. On a parlé, ri, chanté. Mais, surtout, beaucoup ri. On a petit-déjeuné vers 13 heures et on s'est donné rendez-vous le lendemain. Même lieu, même heure. On s'est revus plusieurs fois et, deux semaines plus tard, je larguais Nathalie.

Malgré mon allure de beau gosse bourgeois, je n'étais pas un garçon rangé. C'est peut-être ça qui a attiré Marie-Ange. Être raisonnable, ça rime à quoi ? Puisque le monde est dirigé par des fous, mieux vaut avoir un petit grain de folie pour y vivre, non ? Je m'adapte depuis des années : en jouant à un petit jeu qui consiste à être en permanence sur le fil du rasoir. L'idée, c'est de trouver l'équilibre entre la folie douce et l'autre, la pure, la dure. Un jeu dangereux, mais qui m'excite beaucoup !

Vivre, c'est savoir qu'à tout moment on peut déraper et glisser vers le royaume des ténèbres et des ombres. Je le sais pertinemment. Mon corps gît sur le sol ensanglanté de la salle de bains, le carrelage est froid, j'ai le goût salé de mon sang dans la bouche, je ne ressens aucune douleur. Je viens tout juste de passer l'arme à gauche, je suis en train de quitter le monde. Devant mes yeux, ma vie défile à la vitesse de l'éclair.

Denise

Mon Dieu, quelle tragédie ! La dernière fois que j'ai vu Pierre et Marie-Ange, nous étions mi-mai. Nous sortions tout juste du confinement, nous étions tous sur les nerfs. Ils avaient pourtant l'air en forme. Je ne comprends pas ce qui s'est passé. Dans la famille, personne ne comprend. Je n'ai pas de mots pour décrire ce que je ressens. J'ai perdu le sommeil et l'appétit depuis que j'ai appris le drame par la police, la semaine dernière.

C'était une si belle famille. Ils avaient leurs problèmes, bien sûr. Qui n'en a pas ? Ils en ont traversé des misères, les pauvres... Il y a presque huit ans, ils ont perdu la petite Pauline, qui avait tout juste deux mois. Mort subite du nourrisson. Toute la famille a été dévastée. Ensuite, Marie-Ange a fait plusieurs fausses couches. Le souci, c'est qu'elle ne parvenait pas à remonter la pente. Par chance, elle a été suivie par un très bon médecin. Elle a pris des cachets pendant longtemps. Petit à petit, elle a repris goût à la vie. Et le petit dernier est arrivé ! Ils ne l'attendaient plus. Ils l'ont appelé Paul en souvenir de Pauline, mais tout le monde l'appelait « Polo ».

Pierre était un drôle de bonhomme. Sa mère, Geneviève, et moi, nous sommes sœurs. Enfin, nous étions sœurs. Heureusement, elle n'est plus là pour voir ça. Dire que ça fait tout juste dix-huit mois qu'elle nous a quittés. Une tumeur au sein. Six mois plus tard, c'est Georges, son mari, qui partait. Rupture d'anévrisme. Quelle tristesse. Comme si le sort s'acharnait.

Pour revenir à Pierre, il était du genre à ne rien montrer, comme beaucoup d'hommes. Je l'ai vu grandir, ce gamin. Nos deux familles se retrouvaient chaque été à Carnac. Il avait le même âge que mon fils, Mathieu. Ils étaient comme les deux doigts de la main, les deux cousins, surtout pour faire les quatre cents coups !

Pierre n'était pas facile. Il a donné tellement de fil à retordre à ses parents. Il ne faisait rien à l'école. Il n'était pourtant pas bête. Seulement, il ne voulait pas se fatiguer. Un jour, son père l'a mis face à ses responsabilités : « Soit tu te décides à bosser, soit tu vas en pension ! » Il a choisi la pension ! À partir de là, il a commencé à travailler et a décroché son bac avec mention. Ensuite, il a fait une école d'ingénieurs. Comme quoi, quand on veut, on peut.

Enfin, tout ça n'explique pas ce qui s'est passé.

Quand je pense à cette jeune fille engagée pour s'occuper de Polo. Laurie. La seule survivante ! Si douce, si gentille ! Elle me saluait chaque fois que je la croisais dans le quartier, souriante, toujours prête à rendre service. Elle avait un petit côté farfelu, un peu tape-à-l'œil, mais on dit bien qu'il ne faut pas se fier aux apparences.

Polo l'aimait beaucoup. Chaque jour ou presque, vers 18 heures, je les voyais rentrer du square. Forcément, je suis aux premières loges, j'habite en face de chez eux.

Laurie

Chaque semaine, notre rendez-vous avait lieu le mardi à 10 heures. Cet horaire me convenait. J'avais encore les idées à peu près claires. Après, ça variait. J'arrivais en avance. Je m'asseyais dans la salle d'attente déserte en face d'un mur d'étagères remplies de bouquins et de piles de vieux magazines. À côté, il y avait une grande plante verte genre palmier. Quand la fenêtre était ouverte, j'entendais le chant des oiseaux, c'était cool, ça me rassurait. Feyraud avait installé un diffuseur de parfum. Selon les semaines, ça sentait la lavande ou l'orange douce. C'est peut-être un détail, mais c'est le genre de truc qui m'apaisait un peu.

Je me rappelle, au début, j'étais trop à cran pour apprécier ces petites choses. Les odeurs, le calme, les bruits de la nature, le vent qui souffle dans les arbres, ça me passait au-dessus de la tête. Petit à petit, j'ai senti une amélioration.

Les séances se passaient toujours à peu près de la même manière. Feyraud m'accueillait avec un grand sourire et, d'un geste de la main, me faisait entrer dans son bureau. On s'asseyait l'un en face de l'autre. Il me regardait droit dans les yeux. J'avais parfois l'impression qu'il lisait dans mes pensées. Il commençait toujours par me demander comment j'allais. J'ai pas l'habitude. Enfin, je veux dire, c'était bizarre qu'on s'intéresse à moi. Il savait tout de suite quand j'allais pas bien, il avait le don de me rassurer. Je lui parlais de mes problèmes de sommeil et, surtout, de mes crises d'angoisse. Il me répétait qu'à force d'en parler, de mettre des mots dessus, tout rentrerait dans l'ordre. En attendant, on m'avait prescrit des somnifères et des anxiolytiques, à prendre en cas de besoin.

Un matin, j'ai eu l'impression qu'il était pas comme d'habitude. Son regard était différent : un truc comme de la force, de la détermination. Je me suis sentie bizarre. Il m'a dit que j'allais devoir faire un « effort de mémoire ». Il a prononcé ces mots plus lentement. Je revois sa bouche qui s'ouvrait et se fermait. J'étais déboussolée. Il voulait que je remonte au tout début de l'histoire. Chaque détail, même le plus insignifiant, il a dit, avait son importance. Ce « travail » me demanderait beaucoup d'énergie, ce serait douloureux, mais je devais en passer par là. Il était là pour m'aider et pouvait tout entendre. Ce mot, « travail », qu'il a employé... il est bien choisi finalement. Je m'en suis pas tout de suite rendu compte, mais c'est crevant de ranger les choses à leur place, d'essayer de comprendre ce qui se trame dans ma tête. Sur le coup, son discours m'a effrayée. Mais j'étais là pour ça. Je devais avancer. Je l'ai donc fait, cet « effort de mémoire ». J'ai fouillé dans mes souvenirs. Je savais que ce serait dur, parfois pénible et compliqué.

J'ai pris mon courage à deux mains. Tout était là, fallait juste creuser un peu, remettre les choses dans l'ordre et, surtout, parler doucement, parce que les images affluaient toutes en même temps. Tout se mélangeait. Pendant que je parlais, Feyraud prenait des notes. Il écrivait vite. Je voyais les feuilles de son bloc se noircir. Des feuilles et des feuilles.

J'ai fait au plus simple : j'ai commencé par le commencement.

Je me rappelle. C'était en juin 2019. On était à la fin du mois. Je venais de rater mes examens de première année en fac d'anglais. Je devais retomber sur mes pieds. Mais comment ? Refaire une première année, ou partir à l'étranger ? Au pair, en Angleterre, pour devenir un peu plus *fluent* ? C'était une option. Seulement ça me branchait pas beaucoup d'aller jouer les bonnes à tout faire chez des Anglais. Les États-Unis ? Rien que le trajet me coûterait la moitié de mes économies... L'Australie ou la Nouvelle-Zélande ? Même pas en rêve.

Je m'étais abonnée quelques semaines plus tôt à un site de petites annonces pour les étudiants. Tous les deux ou trois jours, j'y jetais un œil, plus par habitude que par curiosité. C'est comme ça que je suis tombée sur cette drôle d'annonce. Une offre de logement en échange de baby-sitting et de quelques tâches ménagères. J'avais rien à perdre, j'ai envoyé mon CV. Il était vraiment très court. Mais bon, faut bien se lancer! J'avais passé mon Bafa un peu avant le bac, travaillé dans un centre de loisirs deux étés de suite, et failli partir en colo de ski. Ça avait capoté au dernier moment. C'était donc plutôt maigre. Mais je manquais ni de courage ni de bonne volonté.

Je me revois le soir où les parents m'ont reçue dans leur grand salon gris éclairé par un énorme lustre en cristal. C'était une grosse baraque bourgeoise dans une rue calme de Versailles. Il y avait carrément un parc avec des arbres centenaires, dont un cèdre géant. Trop beau!

Le père et la mère étaient assis côte à côte sur un canapé de velours bordeaux. J'ai ressenti comme une tension entre eux, je pourrais pas l'expliquer. Le père avait le regard fuyant. La mère arrêtait pas de croiser et de décroiser les jambes, ça en devenait pénible. Ils m'ont d'abord posé toute une série de questions. Ils me lâchaient pas!

Quelle était ma motivation? Est-ce que j'aimais les enfants? Quelles étaient mes principales qualités? Mes défauts? Est-ce que je pouvais préparer un repas simple, donner le bain, faire réciter les leçons, jouer avec le petit? Est-ce que j'avais de la patience? Est-ce que j'étais ordonnée? Est-ce que je savais jouer d'un instrument de musique? Est-ce que je parlais une langue étrangère? Est-ce que je serais capable d'assurer les premiers soins en cas d'accident? Avais-je des références? Étais-je fumeuse? Avais-je un petit copain?

Ils allaient un peu loin, mais j'ai répondu. Ils m'ont ensuite expliqué leur situation.

Lui travaillait dans l'industrie de l'armement et de la sécurité; elle était prof de maths dans un lycée privé de la ville. Elle avait surtout des classes de terminale, et quelques classes de première. Je me rappelle,

elle l'a dit comme ça, qu'il lui fallait « assurer le niveau d'excellence et la réputation de l'établissement ». Ils étaient tous les deux très occupés, débordés. J'ai bien senti qu'ils étaient un peu honteux de pas avoir assez de temps à consacrer à leurs trois enfants, et surtout au petit dernier, Paul. C'est notamment pour ça qu'ils avaient décidé de prendre quelqu'un. La mère voulait avoir plus de temps libre pour préparer l'agrégation et suivre de plus près ses deux aînés, Antoine et Augustin. Le plus grand espérait être pris en prépa scientifique.

Ils m'ont précisé qu'ils avaient encore des candidats à voir. Ils avaient d'ailleurs insisté sur le terme « candidats » parce que, dans le lot, y avait un type, genre chef scout, qui leur était recommandé par des amis. Quoi qu'il en soit, ils reviendraient vers moi.

J'avais conservé l'annonce sur mon portable. Je l'ai tendu à Feyraud.

Nous recherchons pour la rentrée prochaine JF ou JH pour s'occuper d'un enfant de 5 ans (5 jours par semaine environ) + préparation de repas et quelques tâches ménagères en échange d'un studio meublé de 25 m² dans notre nouvelle maison en plein centre de Versailles (accès direct gares) et d'une rémunération complémentaire à convenir.

Notre maison est grande (5 chambres), mais pas toujours très bien rangée. Nous sommes (évidemment !) hyper cool, plutôt sympas, et nos enfants (Antoine 17 ans, Augustin 15 ans et Paul 5 ans) sont gais et dégourdis. Il s'agit de s'occuper de Paul. Nous avons aussi un chat.

Studio entièrement rénové mis à disposition, avec kitchenette, SDB, porte blindée. Il est en rez-de-jardin avec entrée indépendante et communique avec le reste de la maison.

Nous avons déjà eu deux baby-sitters avec ce même arrangement et tout s'est très bien passé.

Merci de nous contacter par mail ou par téléphone.

Les coordonnées de la famille Jarnac suivaient.

Feyraud a relevé la tête et m'a demandé ce que j'avais pensé à la lecture de l'annonce. Très franchement, j'avais trouvé cette offre carrément intéressante. Par les temps qui courent, avoir un boulot et un logement en prime, c'était inespéré, surtout pour quelqu'un qui avait pas un rond et pas plus de formation. J'ai pensé que celui ou celle qui serait retenu aurait vraiment du bol.

Feyraud m'a regardée en souriant et m'a invitée à poursuivre.

Je me suis râclé la gorge avant d'enchaîner.

Donc, j'en étais où ? Ah oui. Un mois plus tard, vers la fin juillet, je me souviens, j'étais sous la douche quand mon portable a sonné. Il avait fait très chaud ce jour-là. J'avais passé la journée à traîner dans les grands magasins, rue de Rivoli. C'était la fin des soldes. J'avais fouillé un peu partout et louché sur quelques hauts et des robes sympas mais trop chères pour mon budget. En sortant de la salle de bains, j'ai consulté mes messages. Ma mère m'avait appelée pour savoir comment s'étaient passés mes examens de fin d'année. Le problème, c'est que j'avais déjà tout largué. J'ai pas osé la rappeler. Je savais qu'elle serait déçue.

À ce moment-là, Feyraud m'a demandé si j'avais fini par la rappeler. J'ai piqué un fard. En fait, la veille de mon arrivée dans cette famille, je lui avais annoncé que j'arrêtais mes études. C'est clair qu'elle m'avait engueulée. Après tout, c'était ma vie, m'avait-elle dit avant de raccrocher. Sur le coup, ça m'avait foutu les boules.

Feyraud m'a fait signe de continuer. Ma mère n'était pas la seule à m'avoir laissé un message, cette fois-là. J'en avais un autre : Marie-Ange de Jarnac m'annonçait qu'ils n'avaient pas retenu ma candidature. Ils me souhaitaient bonne chance pour la suite.

J'étais un peu déçue. En même temps, j'étais pas trop inquiète, parce que j'avais trouvé un job d'été dans une boulangerie et que je donnais des cours d'anglais à des collégiens. Environ trois semaines plus tard, Mme de Jarnac m'a rappelée. Au début, je l'ai pas resituée.

J'avoue, je l'avais déjà presque zappée. J'ai été drôlement étonnée quand elle m'a demandé si j'étais toujours disponible. J'ai dû bafouiller un vague « ouais », parce qu'elle a aussitôt embrayé en me posant tout un tas d'autres questions.

Feyraud m'a interrompue une nouvelle fois et m'a priée d'essayer de me souvenir précisément de cet échange. J'en étais incapable. Y a des moments comme ça où je me rappelle plus des détails, tout est allé tellement vite. Cette dame, c'était le genre de bonne femme qui vit à cent à l'heure, qui fait les questions et les réponses. En revenant là-dessus, Feyraud m'a fait comprendre que j'avais probablement été décontenancée par l'appel inattendu de Mme de Jarnac et que j'avais donc pas clairement exprimé ma volonté. D'ailleurs, je me rappelle plus ce que je lui ai dit à elle, ni ce que j'ai répondu à Feyraud quand il m'a interrogée à ce sujet. Ce que je sais, en revanche, c'est que la semaine suivante, j'étais embauchée. La dernière phrase de la mère au téléphone, ça, je m'en souviens, c'était: « Je vous attends lundi prochain à 9 heures à la gare de Versailles-Rive-Droite. Au revoir, Laurie. »

On était fin août 2019. Mme de Jarnac voulait me briefer pour préparer la rentrée. À partir de là, tout s'est enchaîné, plus moyen de faire marche arrière.

Marie-Ange

Je me souviens... C'était l'année dernière. À quelques jours de la rentrée. Comme toutes les mères, j'étais déjà plongée dans les affres du monde réel, le si bien nommé « quotidien » : enfants, mari, maison, boulot. Fatiguée à l'avance par la perspective des doubles journées et de ce rythme effréné. Vues de cet entre-deux-mondes, toutes ces considérations me semblent désormais dérisoires, un peu ridicules. Pourtant, ainsi vivent les hommes, sans cesse en train de courir après le temps, après un bonheur qu'ils peinent à définir. Je ne faisais pas exception. Je courais, je jouais le jeu, du moins j'essayais. Pas le choix... J'attendais avec impatience l'arrivée de Laurie, notre nouvelle baby-sitter, ce serait une bouffée d'oxygène dans notre vie. Notre petite vie humaine.

Elle m'avait enlevé une belle épine du pied en répondant oui ce jour-là. Je m'étais retrouvée le bec dans l'eau, Amaury venait de me planter en me disant qu'il partait finalement faire Sciences-Po à Bordeaux. En juillet, nous nous étions mis d'accord sur les derniers détails de son contrat. Je lui avais fait visiter son futur studio, j'avais même changé nos billets de train pour Carnac afin de lui présenter les enfants. Entre Polo et lui, le courant était plutôt bien passé. Quel stress, cette catastrophe de dernière minute. Bref, trouver une solution pour la garde des enfants, ça restera toujours une galère !

Ce n'étaient pourtant pas les conditions de travail qui laissaient à redire. On avait mis le paquet pour attirer les candidats. Nous avions fait rénover le studio du sol au plafond, deux ans plus tôt. Une architecte d'intérieur nous avait fait les plans pour pas trop cher – c'était l'amie d'un ami. Nous avions ainsi pu gagner de la place et c'était désormais un petit studio très confortable, avec tous les équipements nécessaires.

Quand cette gamine est sortie de la gare avec ses deux énormes valises à roulettes rose fluo, perchée sur des escarpins assortis à ses bagages, j'ai eu un peu peur. J'ai même douté que ce soit vraiment elle, tant elle semblait différente de l'image que j'avais gardée après notre premier entretien. Elle avait l'air godiche, un peu blonde, comme on dit. *Je sais, j'avais des a priori, je dois avouer qu'à ce moment-là je l'ai jugée un peu sévèrement, et la suite m'a prouvé que j'avais tort.* Cela dit, elle a failli m'écraser les orteils avec ses roulettes. Elle portait un parfum très entêtant, certainement bas de gamme, qui m'a donné la migraine pour le reste de la journée.

Je l'avais accompagnée au studio pour qu'elle dépose ses bagages. En descendant l'escalier, elle a manqué une marche et s'est rattrapée de justesse au portemanteau, qui a laissé une marque sur le mur avant de tomber par terre. Le mur était blanc, avant. Elle s'est excusée platement. Bien sûr, je l'ai rassurée en disant que ce n'était pas grave. Ce mur fraîchement repeint... déjà abîmé !

Le téléphone a sonné. Je l'ai laissée seule deux minutes. Quand je l'ai rejointe, elle était assise sur le sofa, les pieds sur la table basse. Elle se limait les ongles. J'ai eu une envie folle de la secouer ! J'ai pris une profonde inspiration et j'ai réussi à ne rien laisser paraître.

Nous sommes remontées et je lui ai fait visiter la maison. Nous avons commencé par la cuisine, où nous avons passé un long moment, le temps de lui montrer le fonctionnement de l'électroménager. Puis, direction la buanderie. Enfin, l'alarme et le système de télésurveillance avec le mot de passe à mémoriser.

Ce qui me dérangeait, c'est qu'elle avait l'air ailleurs quand je lui parlais ; j'avais l'impression qu'elle ne comprenait pas la moitié de ce que je lui racontais. J'étais prise de doute et d'inquiétude : serait-elle à la hauteur ? *Après tout, c'était peut-être aussi ma faute si elle ne m'écoutait pas. J'ai toujours eu l'habitude de parler trop vite... On me l'a souvent reproché ! Surtout mes élèves ! Un de mes défauts, très humains : je voulais tout faire vite et bien.*

En attendant le retour des enfants, nous sommes sorties pour qu'elle repère les différents commerces et la place du marché. La femme du boulanger a fait une drôle de tête quand elle l'a vue entrer – avec son haut moulant qui lui remontait les seins sous la gorge, façon obus prêts à exploser, elle ne passait pas inaperçue. Quand je l'ai présentée aux garçons, j'ai bien vu leur regard passer furtivement sur cette partie vallonnée de son anatomie. Les deux grands ont piqué un fard à faire rougir un homard. Polo, lui, s'est contenté d'un grand sourire et d'un bonjour plein d'entrain.

Le soir de son arrivée, elle a fait fort. Elle a réussi à faire cramer la casserole en nous préparant des spaghettis. Comme l'a déclaré Augustin avec son humour d'ado à la lol.com, c'était « sa version perso de la sauce carbonara ! ». *Quand même, je reconnais qu'elle était maladroite, mais pleine de bonne volonté.*

Moi, j'ai ri jaune. Pierre n'a pas fait de commentaire. Il s'est contenté de sourire. Il était ailleurs. Sans doute dans les vapeurs de l'alcool...

Dans son regard vitreux et brillant, il y avait comme une mélancolie, une impuissance à se soustraire aux forces de l'alcool. Il était présent physiquement, mais son esprit avait rejoint un monde parallèle où il était un autre. Avec nous, il était seul avec lui-même. Comme moi. Ainsi, nous traînions nos deux solitudes sous le même toit.

Pierre

Je flotte au-dessus de mon corps immobile, ma tête est penchée sur le côté gauche, mes yeux sont ouverts, je vois le sang se répandre autour de moi. Évidemment, pour un vivant, ce genre de spectacle relève du cauchemar absolu mais, pour moi qui suis mort, cette vision me laisse froid – et aucun cynisme là-dedans.

Voilà que soudain surgit un flot puissant de souvenirs, le fil du temps humain s'impose à moi, se déroule, et des images très précises de ma vie terrestre apparaissent...

Je revois ce soir de la rentrée. Nous étions tous un peu fébriles. Antoine et Augustin avaient eu leurs emplois du temps respectifs, avec la perspective rapprochée des premiers devoirs sur table. Ils critiquaient ou louaient la réputation de leurs nouveaux professeurs. Marie-Ange était assise sur le canapé, ses yeux semblaient se perdre dans le vague. Je lui ai demandé comment s'était passée sa première journée. Elle a soupiré. Je n'ai pas insisté. De mon côté, j'avais retrouvé mes collègues, l'ambiance survoltée du bureau, ma forêt de mails et mon agenda saturé de réunions. Rien de tel pour vous remettre dans le bain. Il n'y a guère que Polo qui affichait un sourire calme et serein.

En cette fin d'été, le mercure pouvait encore grimper jusqu'à 30 degrés en journée. Ce soir-là, contre toute attente, Laurie nous avait préparé un Christmas pudding pour le dessert... C'était plutôt inattendu et... chargé. En sucre, en fruits confits, en épices, en alcool. La digestion a été difficile, et j'ai transpiré toute la nuit. Marie-Ange aussi.

Vers 8 heures, elle est partie au lycée avec les deux grands. Je m'apprêtais à partir, moi aussi, pour retrouver mes têtes de nœud au bureau et leurs budgets opérationnels à six ou sept chiffres. Les vacances n'étaient plus qu'un lointain souvenir, je réintégrais ma fonction et mes responsabilités de directeur Stratégie et Sécurité – du moins, je m'y efforçais. Je savais que l'année à venir s'annonçait encore plus difficile que la précédente avec le renforcement des normes en matière de sécurité digitale, de protection des données, la priorité étant de parer à la multiplication des cyberattaques dont nos clients étaient régulièrement la cible. Plus le temps passait, moins j'étais en accord avec les décisions de ma hiérarchie et, en particulier, avec celles de ce salaud de Blanchard, mon N + 1. Même la devise de l'entreprise, « Construire un monde meilleur et plus sûr », me semblait relever soit de la naïveté, soit de la mégalomanie. Ce n'était pas l'avis de nos dirigeants, eux qui savent tout sur tout.

Dans l'idéal, j'aurais dû changer de boulot. Mais j'étais pieds et poings liés par les charges fixes, les impôts, les traites de la nouvelle maison, le crédit de la voiture, les futures études des enfants. Pour emprunter moins d'argent à la banque, j'avais même fait appel à mon cousin, Mathieu. Des dettes, j'en avais jusqu'au cou. Ce n'était donc pas le moment de faire la fine bouche. À bien y réfléchir, qu'est-ce qu'un type comme moi, au milieu de la cinquantaine, pouvait espérer sur le marché du travail ? Je devais m'accrocher, je n'avais pas le choix. Au fond de moi, je connaissais bien mes faiblesses. Je souffrais d'un manque chronique de motivation, que masquaient ma fausse bonne humeur et mon sourire imperturbable. Mon énergie s'émoussait. Que je le veuille ou non, mon goût pour la procrastination reprenait toujours le dessus. C'était tout le paradoxe : je voulais avancer, mais je n'avais pas l'énergie pour le faire. Je me sentais assommé. Alors, moyennant des somnifères avalés avec un verre de vin, j'oubliais mes soucis le temps d'une nuit sans rêves. J'arrivais à repartir. Dans ces moments-là, j'avais l'impression d'avoir d'énormes poussées d'adrénaline et de retrouver une force incroyable. Le pire, c'était après, parce que, plus j'avais la pêche, plus dure était la chute. C'était vertigineux. Cela m'arrivait de plus en plus fréquemment. Petit à petit, cette spirale m'a aspiré vers le bas – littéralement. J'étais vraiment au fond du trou, j'avais un sentiment de vide intérieur, un dégoût des choses, un désintérêt pour pratiquement tout. Je n'avais plus d'envies, plus d'élan, plus de courage. Je faisais semblant depuis longtemps. Trop longtemps déjà... J'ai honte de le dire, tout le monde m'exaspérait, ma femme, mes enfants, ma famille, mes amis, mes collègues, absolument tout le monde. Si j'avais pu partir à l'autre bout de la terre, les envoyer tous balader pour qu'ils me foutent la paix, je l'aurais fait sans hésiter...

Ajoutez à cela mon meilleur ennemi – l'alcool. Au début, il était là pour le seul plaisir de faire la fête, de retrouver les copains autour d'un apéro ou d'un bon dîner. Avec le temps, il est devenu le pire des maîtres-chanteurs, se rappelant à moi avec la régularité glaçante d'un métronome. Tel un singe posé sur mon épaule, il était toujours là où je ne l'attendais pas. Je sentais l'envie monter, jusqu'à ce que la pulsion violente pulvérise ma propre volonté et m'oblige à combler le manque dans les plus brefs délais... Je devais me cacher, profitant généralement d'un moment de solitude volé, de l'inattention des uns ou des autres pour humer son parfum revigorant, accrocher enfin mes lèvres au goulot de la bouteille afin d'absorber de pleines lampées de ce liquide salvateur et satisfaire mon gosier éternellement assoiffé. À peine en avalais-je une gorgée que je me sentais revivre comme un jeune homme. Malheureusement, l'effet euphorisant s'évaporait très vite. Il me fallait en consommer chaque fois un peu plus. Pour masquer mon haleine, je mastiquais quantités de chewing-gums à la menthe (forte, de préférence) que je cachais dans mes poches de chemise, de blouson ou de pantalon.

La rançon de mon addiction était lourde, j'étais un clandestin sous mon propre toit. Je vivais sur mes gardes, surveillais constamment le niveau de mes réserves disséminées de la cave au grenier. Mon imagination n'avait pas de limites quand il s'agissait de trouver de nouvelles planques auxquelles s'ajoutaient mes caches dans la voiture et au bureau. Voilà à quoi j'en étais réduit.

En revisitant ce passé, je suis face à moi-même, presque sidéré de découvrir qui j'étais vraiment. Je me fais soudain l'effet d'un pauvre diable, bourré de défauts, soumis aux seuls caprices de ses pulsions alcooliques et passé maître dans l'art de la dissimulation. J'ai presque honte de celui que j'étais devenu.

Pour résister à l'appel de la bouteille, je me gavais de cochonneries salées ou sucrées, et donc je grossissais. Marie-Ange savait que je buvais. Je le devinais dans son regard. La plupart du temps, elle gardait le silence. Comme moi. *C'est sans doute ce silence qui a fini par tout détruire. Notre couple, notre famille.* Bien sûr, il lui arrivait de s'emporter. C'était rare mais, dans ces cas-là, je préférais courber l'échine, la laisser débiter ses arguments, certes tout à fait valables aux yeux de personnes raisonnables et non assujetties aux lois mafieuses et perfides de l'alcool. Lui permettre de s'exprimer présentait le double avantage de la calmer et de voir l'orage s'éloigner. J'avoue avoir développé un certain talent pour la baratiner et lui faire avaler les plus grosses couleuvres de sa vie, allant jusqu'à lui promettre de prendre rendez-vous avec un addictologue. *Quel sale menteur j'étais. Le pire, c'est que ça me semblait tellement naturel ! Quand je le disais que je n'étais pas un garçon raisonnable...*

Le léger tintement d'une notification sur mon portable m'avait alors ramené à la réalité. L'écran de mon téléphone indiquait : « mercredi 12 septembre 2019, 9 h 30 : réunion d'équipe ». Démarrage dans une heure. Il était temps d'y aller.

Avant de partir, j'ai passé la tête dans la chambre de Polo, il jouait avec Laurie. Je l'ai embrassé et j'ai salué Laurie. Il avait l'air de se sentir bien avec elle. En un sens, je le comprenais. C'étaient bien eux les plus heureux !

Il me semble encore entendre Polo, la tendresse et l'innocence de son rire d'enfant. Avant, cela me faisait du bien. Vu d'ici, ça fait mal.

Laurie

Il pleuvait des cordes, ce matin-là. Je suis arrivée trempée au cabinet de Feyraud. Mes vêtements dégoulinaient, je claquais des dents. Feyraud a vu que j'étais frigorifiée et m'a proposé un café. D'ailleurs, c'est la seule fois où il m'a offert un truc à boire. Puis il s'est assis en face de moi. Après m'avoir demandé comment j'allais, il a fait un p'tit récap de la dernière séance et m'a invitée à reprendre le cours de mon récit, toujours en mode « effort de mémoire », et à lui décrire une journée type. Bref, il voulait savoir comment ça se passait en général dans la famille.

Dès mon arrivée chez les Jarnac, j'ai fait des efforts pour comprendre, m'adapter à leur rythme, à leurs manières, jusqu'à leur façon de parler. C'est clair qu'on était pas du même monde.

Feyraud m'a demandé de décrire l'ambiance. Comment je me sentais ? Bah, franchement, je pouvais pas lui dire « c'était cool » ou « c'était pourri ». En fait, y avait pas d'ambiance. Ce que je veux dire, c'est qu'ils étaient pas méchants, mais ils étaient pas sympathiques non plus, contrairement à ce qu'ils avaient vendu dans leur annonce. Je sais pas comment dire, on sentait qu'y avait une tension, oui, y avait quelque chose, je sais pas... Peut-être un secret. Lors de notre premier entretien, j'avais senti un malaise évident, que j'avais mis sur le fait qu'on se connaissait pas encore. En gros, l'ambiance était pas terrible.

Par exemple, le matin, c'était systématique : j'avais l'impression de déranger quand je débarquais dans la cuisine en disant bonjour à tout le monde. Les parents interrompaient aussitôt leur conversation en quittant la pièce, le genre de réaction qui met grave mal à l'aise. Antoine et Augustin, les deux aînés, étaient déjà concentrés sur leurs futurs contrôles, en train de s'interroger mutuellement sur les matières à réviser. Ils me calculaient pas. D'ailleurs, ils se sont toujours tenus à distance, comme si j'étais une intruse. Bonjour l'ambiance ! Polo était le seul à être normal et spontané. Il mangeait doucement, la tête dans son bol de céréales. Il m'accueillait avec un grand sourire et un « Bonjour, Lolo » franc et sonore. Le chat, Whisky, hésitait pas à se frotter à mes chevilles, il avait déjà repéré que je lui remplissais son écuelle à ras bord.

Après le petit déj, tout le monde partait très vite, la mère et les grands au lycée et le père au boulot. Je me retrouvais avec Polo. On montait à la salle de bains, je l'aidais à se débarbouiller, à s'habiller. Ensuite, on partait tranquillement à l'école maternelle, à quelques minutes à pied. Pour lui, c'était déjà du sérieux, l'école, il devait préparer son entrée au CP l'année suivante. Sa mère avait insisté pour que je le fasse travailler le soir. Soit elle se foutait de moi, soit elle voulait en faire un génie ! Elle lui avait fabriqué tout un tas d'étiquettes en carton sur lesquelles étaient écrites toutes sortes de syllabes : *ba, be, bi, bo, bu, by*. Idem pour chaque consonne de l'alphabet, ça fait qu'il savait déjà lire des mots simples. Elle voulait aussi que je lui fasse faire des dictées de mots. À son âge ! Elle me laissait pas vraiment le choix. Le soir, elle vérifiait le boulot, ça rigolait pas. Des dictées, on en a fait. Ça servait à rien, il faisait aucune erreur. Quand je dis aucune, c'était vraiment aucune !

Ma chance, c'est que Polo était un gosse adorable. Il avait zéro défaut : calme, souriant, intelligent, facile à vivre, c'était un vrai gentil. On se marrait bien, tous les deux. Une fois, sur le chemin de la maison, il a vu l'inscription « Polo » sur une voiture et ça l'a fait rigoler. Il était tellement heureux ce jour-là, il s'est mis à m'expliquer tout ce qu'il savait sur le mot « polo » : que c'était un sport de cavaliers et aussi le nom d'une chemise de sport, et même que ces deux mots étaient des homonymes ! Ce jour-là, il m'a vraiment bluffée, il parlait comme un livre ! Après, il s'est mis à me raconter sa journée avec ses copains. En plus, il était très sensible et affectueux. Il réclamait beaucoup de câlins. Pratiquement tous les soirs, je le retrouvais allongé sur mon lit avec son doudou. Il s'agrippait à moi et me lâchait pas tant que je lui avais pas chanté une chanson et fait des petits bisous dans le cou. Ça me gênait parce qu'il était pas toujours aussi démonstratif avec sa mère. Ni avec son père, d'ailleurs.

Sinon, mes journées étaient bien remplies, et même plutôt rythmées. Entre les tâches ménagères, la préparation des repas et le baby-sitting, y avait pas de temps mort.

Le matin, je rentrais de l'école vers 8 h 45. Je commençais par ranger la chambre de Polo, mettre un peu d'ordre dans la cuisine, puis je préparais le déjeuner. La matinée passait vite. Je devais récupérer Polo à l'école à 11 h 30, le faire manger et le ramener pour 13 h 30. L'après-midi, j'étais de nouveau devant l'école à 16 h 30. On rentrait, Polo goûtait. Je le faisais travailler. Quand il nous restait un peu de temps, on partait au square d'à côté pour qu'il prenne l'air et retrouve ses copains du quartier. Sinon, on jouait à cache-cache dans le jardin. C'était ensuite l'heure du bain et on enchaînait sur le dîner. Voilà en gros à quoi ressemblait mon quotidien.

Avec le recul, je trouve qu'il manquait quelque chose dans cette famille : de la chaleur, un minimum de gaieté. C'était comme s'ils vivaient tous les uns à côté des autres, sans vraiment communiquer. Parce qu'ils avaient chacun leur vie : le père, son boulot ; la mère, son lycée et ses copies ; les enfants, l'école et leurs copains. Ils faisaient que se croiser. Pour Antoine et Augustin, c'était différent. Eux, ils passaient leur temps à faire des messes basses. Souvent, la mère m'envoyait un SMS pour me demander de faire dîner les garçons. Les parents, eux, se réchauffaient des restes en rentrant, quand il leur arrivait de dîner.

Avant la fin de la séance, Feyraud m'a demandé si d'autres événements m'avaient marquée ou interpellée.

Je me suis souvenue d'un après-midi, j'étais toute seule dans la cuisine en train de préparer une tarte aux pommes. Soudain, j'ai vu le père se planter devant moi. Il m'a foutu une de ces frousses ! Je l'avais pas entendu arriver. Quelque chose clochait, il était pas comme d'habitude. Il m'a dit d'un air faussement cool : « J'ai pris mon après-midi, j'ai besoin de faire un break ! » Je l'ai trouvé bizarre. Il continuait à me fixer tout en se rapprochant de moi, c'était vraiment gênant. Il m'a demandé ce que je préparais. Je me suis écartée et lui ai balancé : « D'après vous ? »

Il a disparu sans demander son reste. Quelques instants plus tard, je l'ai vu partir sur son vélo de sport. Avec son casque, son short et ses lunettes de cycliste, ça lui faisait une dégaine de zombie. Juste avant, il est descendu à la cave, j'ai entendu un grincement de porte et un bruit de bouteilles, un vrai remue-ménage ! En remontant, il avait vraiment pas l'air net. Il mâchait du chewing-gum. Je me rappelle ce détail parce qu'il a fait une bulle en passant devant la porte de la cuisine. Dehors, j'ai cru le voir tituber avant qu'il monte sur son vélo et se barre vers le parc. La nuit était tombée quand il est rentré. Les jours raccourcissaient, on était au début de l'automne.

Marie-Ange

Ma vie défile sous mes yeux comme les séquences d'un film. Je me vois, je me reconnais, j'ai l'impression de revivre chaque instant, ma mémoire est claire, l'illusion est parfaite, mais je ne suis plus. Si je pouvais revenir en arrière, je ferais les choses autrement, c'est évident.

D'abord, j'aurais voulu qu'on m'écoute. J'aurais dû crier, avoir le courage de crier. Ici, je peux toujours essayer. Il n'y a personne pour m'entendre ou me répondre. Je suis entre le ciel et la terre, entre le monde des vivants et des morts, plus proche des seconds que des premiers.

Je redécouvre une scène. C'était à l'automne dernier, un soir d'octobre. J'étais dans le salon, assise sur le canapé, en train de corriger mes copies. Il devait être 21 heures. Je les ai entendus. J'ai cru que le cauchemar recommençait.

Leur conversation était tendue, je l'ai senti tout de suite, même si je ne percevais pas clairement ce qu'ils disaient. J'ai deviné que Pierre reprochait à Antoine ses dernières notes en physique. Il peinait dans cette matière. Antoine était un doux, un gentil. Comme mon Polo. Il travaillait beaucoup, était persévérant et très consciencieux. Malgré ses efforts, les notes de ses premiers contrôles n'avaient pas été extraordinaires, mais il remonterait sa moyenne, il en avait encore le temps. Je le lui avais dit. Nous n'en étions qu'au début de l'année scolaire, après tout. Je me suis approchée du bas de l'escalier et ai tendu l'oreille. Ce cynisme dont Pierre faisait preuve... Il ne pouvait pas s'en empêcher. C'était insupportable, cette façon de jouer les provocateurs. J'ai frissonné. J'avais la gorge nouée. Antoine ne se laissait pas démonter, il tentait d'argumenter. J'aurais dû intervenir, mais la force me manquait, mes antidépresseurs et mes anxiolytiques me fatiguaient, je me sentais léthargique. De toute façon, si je m'en étais mêlée, Pierre m'aurait envoyée paître, comme il le faisait depuis toujours. Il m'aurait reproché de remettre en cause son autorité de père et de l'empêcher de jouer son rôle. Au fond de moi, je désapprouvais ses manières. Elles étaient brutales et agressives. Ce n'était pas en braquant Antoine, en le descendant en flammes qu'il le motiverait. Soudain, le ton est monté. Ça arrivait fréquemment quand Pierre avait bu. Il s'est mis à hurler. J'en étais malade. J'ai cru que j'allais faire un malaise. Les larmes sont venues.

— Arrête de glander, tu m'entends ?
— Je ne glande pas ! Je bosse tout le temps, je t'assure ! se défendait Antoine.
— Ne jure pas ! a hurlé Pierre.
— C'est la vérité !
— Pourtant, l'autre jour, c'est pas toi qui traînais dehors avec tes copains à 18 heures, au lieu d'aller au solfège ?
— Le prof de latin nous avait fait sortir en retard...
— Tu n'arriveras à rien comme ça !
— Pour une fois, ce n'est pas si grave...
— C'est comme ça qu'on dérape !
— Je ne dérape pas, je décompresse.
— Cesse d'être insolent ! Tu n'es pas au bout de tes peines. La terminale, c'est ta dernière année de tranquillité. L'année prochaine, tu morfleras en prépa, tu ne rigoleras plus. Plus du tout, tu m'entends ?
— Je sais.
— La prépa, ce n'est pas une option, c'est un passage o-bli-ga-toi-re ! Le reste, c'est de la merde. Si tu n'es pas admis dans cette classe, tu ne feras rien de bien. Tu veux vraiment rater ta vie ?
— Bien sûr que non !

— Alors, tu fais ce que je dis ! La discussion est close.

J'ai entendu une porte claquer et les pas de Pierre dans le couloir. Je suis vite retournée dans le salon et j'ai fait semblant de m'absorber dans la correction de mes copies. Je n'en menais pas large. À la moindre étincelle, nous irions au-devant de nouveaux affrontements, comme l'année dernière.

Pierre était en permanence sur le dos des enfants, il était obsédé par leurs notes. C'était presque maladif. J'arrondissais les angles et les encourageais dès que j'en avais l'occasion. Ils avaient du potentiel et beaucoup de qualités, chacun à sa façon. Je n'étais pas inquiète pour leur avenir. Pierre, en revanche, me préoccupait. Son intransigeance, son ton accusateur, parfois cassant, son agressivité de plus en plus marquée envers les enfants – et envers moi ! Il commençait à me faire peur. Par moments, je ne le reconnaissais pas. Deux semaines plus tôt, le ton était monté entre nous, et il m'avait giflée, tellement fort que ma tête avait heurté le mur. C'était la première fois qu'il me frappait. J'étais dans un tel état de sidération que je n'avais pas réagi. Résultat : un bleu à l'arcade sourcilière, que j'avais pu cacher avec du maquillage. Je ne savais pas que ma passivité ouvrirait très vite la voie à d'autres scènes similaires.

Pierre est alors entré dans le salon, les yeux pleins de haine et de colère. Je ne l'avais jamais vu comme ça. Mon ventre s'est crispé de peur.

C'est stupéfiant de revisiter cette scène, de revoir son visage déformé par la rage.

— Toi, motus, m'a-t-il ordonné en plaçant le pouce et l'index devant sa bouche comme s'il remontait une fermeture Éclair.

Il a claqué la porte du salon. L'alcool le rendait mauvais. J'ai préféré ne pas répondre. J'ai replongé la tête dans mes copies en essuyant mes larmes.

Voilà à quoi j'en étais réduite... Me taire. Je m'observe désormais comme une voyeuse derrière une glace sans tain, d'où je vois la vie, sans fard, de celle que j'étais alors : vulnérable, sans force, sans courage. Je découvre avec étonnement une mauvaise doublure de moi-même qui se laissait marcher sur les pieds. J'ai du mal à y croire, mais c'est bien ainsi que les choses se passaient. Mon vrai moi avait dû se volatiliser. Je n'étais plus celle que j'avais été... combative, joyeuse, vivante.

Pierre

Le temps des hommes s'écoule selon le rythme immuable des saisons. En ce lieu hors sol, la chronologie n'a aucune raison d'être, parce que le temps n'existe pas.
Je revisite ce temps terrestre et me rappelle les tempêtes. C'était en novembre dernier.
Nous nous étions échappés quelques jours à Carnac pour les vacances de la Toussaint. *Je revois cette massive maison de granit aux volets bleus, les hortensias fanés autour de la porte d'entrée. Et le ciel... Un ciel bas, un ciel d'encre, un ciel d'automne.*
Au bureau, la pression était palpable et continuait à monter lentement mais sûrement. Quelque chose se tramait, mais je ne savais pas encore quoi. Il y avait bien eu quelques signes avant-coureurs : des réunions ou des déjeuners annulés à la dernière minute, des portes qui se fermaient rapidement, des conversations qui s'interrompaient brusquement sur mon passage ou qui se poursuivaient à voix basse, des collègues qui me tournaient le dos au sens propre comme au figuré. Des détails pourtant significatifs. J'étais parti en me disant que ces vacances me feraient le plus grand bien, ce qui ne m'empêchait pas de me connecter à ma messagerie toutes les heures.
De son côté, Marie-Ange avait ses perpétuelles piles de copies à corriger, et elle commençait à préparer son concours. Antoine et Augustin consacraient leur temps aux révisions de leur programme de maths. Avant le dîner, je leur accordais trois quarts d'heure sur la Wii,

ce qui donnait lieu aux chamailleries habituelles. En fin de soirée, un peu de temps libre ou de lecture, puis extinction des feux. Rien d'exceptionnel.

Évidemment, il fallait distraire Polo, qui tournait en rond. Il était perdu sans Laurie. J'ai tenté de prendre le relais. Rien de tel qu'une randonnée au grand air malgré la météo bretonne. Brouillard épais ou bruine dense. Tout pour plaire. Mais comme dit le dicton scout : « Il n'y a pas de mauvais temps, il n'y a que des vêtements inadaptés. »

Le premier jour, nous sommes allés de plage en plage en suivant les chemins côtiers. Il y avait un avis de tempête. D'énormes vagues se fracassaient contre les rochers et rebondissaient en jets d'écume. Nous marchions face au vent, il hurlait et nous giflait le visage. Cela faisait beaucoup rire Polo, qui avait du mal à avancer. *J'entends encore ses éclats de rire portés par le vent.* Pour pimenter la promenade, j'ai eu l'idée de l'initier au balisage des chemins de randonnée. Il suffisait d'observer l'environnement : les balises étaient peintes sur les arbres, les rochers. Après mes explications, il s'est amusé à chercher des repères tout le long du chemin. Le lendemain, le temps était plus calme, nous sommes allés voir les alignements de Carnac. Polo a ouvert de grands yeux quand il a vu tous ces dolmens et ces menhirs disposés dans cette vaste prairie. Il n'en revenait pas.

— On dirait des géants de pierre, hein, papa !
— C'est vrai.
— Comment ils ont fait pour transporter tout ça jusqu'ici ?
— C'est un mystère.

Le surlendemain, nous avons traversé les marais salants sous un ciel gris, sans pluie ni crachin. Tous ces bassins remplis d'eau salée ont paru l'intriguer. Il m'a posé un tas de questions auxquelles j'ai répondu comme j'ai pu !

Au bout de trois après-midi de ce régime, Polo nous a fait une mégabronchite avec une forte fièvre. Inquiète, Marie-Ange a appelé les médecins du coin les uns après les autres. Aucun n'a répondu. Toujours le même message sur leur répondeur : en cas d'urgence, contacter SOS Médecins. Ces derniers ont mis pas moins d'une demi-heure avant de décrocher. Une voix nonchalante a suggéré qu'on rappelle le lendemain en cas de fièvre persistante.

Sauf que, le lendemain matin, c'est Laurie qui nous a appelés, catastrophée. La veille, à la nuit tombée, une grosse branche du cèdre s'était écrasée au pied de la véranda. Elle avait eu très peur. Elle avait entendu un énorme craquement, puis un bruit d'effondrement. Elle était sortie aussitôt pour voir ce qui s'était passé. Malgré l'obscurité, elle avait vu une masse sombre de branchages au sol. Assez impressionnante, avait-elle dit. Elle n'était pas restée longtemps dehors, car il tombait des trombes d'eau. Depuis trois jours, de grosses averses détrempaient le jardin. Le lendemain matin, elle avait enfin pu constater l'étendue du sinistre. Apparemment, ce n'était pas beau à voir.

Ce cèdre était certes très vieux. Sans doute la branche en question était-elle pourrie depuis longtemps. Les fortes pluies avaient fait le reste. Un dossier de plus qui allait alourdir notre quotidien. Déclaration d'accident, bataille avec les assurances, expertises, évacuation des branches... j'énumérais mentalement ces tâches qui s'ajoutaient à ma longue *to-do list*.

Polo semblait alors aller mieux, la fièvre était tombée, mais, en fin d'après-midi, elle est remontée de plus belle. Marie-Ange m'a demandé de faire un saut à la pharmacie du village le plus proche. Sur la route, un caillou a percuté mon pare-brise, l'endommageant sérieusement. Cet incident apparemment anodin m'a énervé au plus haut point. Le soir, un autre événement est survenu : la chaudière est tombée en panne. J'ai essayé de la relancer à plusieurs reprises. Sans succès. J'étais dans tous mes états et je me suis demandé si je n'avais pas la poisse...

Sans gaz, impossible de cuisiner, de se chauffer et d'avoir de l'eau chaude.

À contre-cœur, Marie-Ange et moi avons pris la décision d'écourter notre séjour. Sur la route du retour, je devais rouler particulièrement lentement pour éviter d'agrandir l'impact sur le pare-brise, je n'étais pas d'humeur à faire la conversation ni à participer aux jeux de devinettes des enfants.

Laurie

Ce matin-là, je patientais dans la salle d'attente en fixant l'heure affichée sur mon téléphone. Déjà vingt minutes de retard. C'était pas dans les habitudes de Feyraud. Tout à coup, sa porte s'est ouverte, et une jeune femme s'est carapatée vers la sortie. Elle pleurait, j'ai juste eu le temps de l'entendre renifler et d'apercevoir la moitié de sa figure derrière un Kleenex. La porte du bureau s'est refermée. J'ai entendu Feyraud discuter au téléphone. C'était interminable. Environ un quart d'heure plus tard, il est venu me chercher en s'excusant et en me disant qu'il récupérerait le temps sur la fois d'après. Ça fait que notre rendez-vous s'est trouvé amputé de presque une demi-heure. Ça m'a soûlée grave, parce que moi, ces séances, j'en avais vraiment besoin, c'était pas du luxe.

Feyraud m'a expliqué qu'il avait eu une urgence. Qu'est-ce que je pouvais lui répondre ?

Il m'a demandé comment je me sentais de manière générale, si je dormais mieux. Je sais pas si c'était depuis que je venais le voir, en tout cas, après chaque séance, je me sentais délestée d'un poids. Je lui ai dit qu'il commençait à y avoir du mieux. La nuit, je me réveillais moins souvent en sursaut. J'ai repris le cours de mon récit.

Je lui ai raconté l'épisode des vacances de la Toussaint, quand la famille était rentrée en catastrophe à cause d'un problème de chaudière dans leur maison de vacances.

Quinze jours après, je me suis retrouvée seule avec les trois garçons une petite semaine, ce qui était pas du tout prévu. Le père était en séminaire dans la région de Toulouse, la mère en voyage de classe en Écosse. Un matin, j'étais en train de jouer avec Polo dans sa chambre. Voilà qu'il me dit en riant qu'il avait senti une goutte. Sur le coup, ça m'a fait rigoler. Et puis il a ajouté qu'il en avait senti une autre, comme s'il pleuvait.

J'ai relevé la tête. Là, j'ai moins ri.

Il y avait une auréole jaunâtre au plafond, qui commençait à s'attaquer à la cloison séparant la chambre de Polo de celle d'Augustin. Des gouttes tombaient bel et bien, à intervalles réguliers. Très réguliers, même.

Juste avant de partir pour l'école, j'ai mis une bassine sous l'auréole. À mon retour, elle était déjà à moitié pleine. J'ai appelé le père. Évidemment, je suis tombée sur sa messagerie. Même cirque pour joindre la mère. Je leur ai laissé un message à tous les deux.

C'est le père qui m'a rappelée en premier. Un peu vénère, bien sûr. On sentait qu'il essayait de garder son calme. Il m'a posé un tas de questions pour savoir où se trouvait exactement la fuite. Quelle était, à vue d'œil, la taille de la tache au plafond ? À quel rythme gouttait la fuite : toutes les cinq minutes ? toutes les trois minutes ? Plutôt toutes les minutes, j'ai répondu. Il y a eu un blanc. Puis un grand soupir. Puis un « Ne bougez pas, je vous rappelle ».

Dix minutes plus tard, il m'a rappelée pour savoir si j'avais déposé une bassine sous la fuite. Franchement, il me prenait pour une idiote ? Évidemment, je lui ai répondu. Tout ce qu'il a trouvé à me dire, c'est qu'il avait contacté un plombier, quelqu'un de très fiable qui devait passer en fin d'après-midi. Il restait joignable, il me recontacterait le soir même pour faire le point.

La journée m'a paru super longue. Je montais régulièrement dans la chambre de Polo pour vider la bassine. Vers 17 heures, le plombier a appelé en disant qu'il avait un contretemps et qu'il ne passerait que le lendemain, en fin de matinée. Ça tombait bien, le lendemain, c'était mercredi : Polo avait pas école ce jour-là, ça me permettrait de l'attendre tranquillement à la maison.

Le soir, le père a failli péter un plomb quand je lui ai dit que le plombier avait décalé son intervention. Sa colère retombait pas. Il a raccroché très énervé, en pestant contre ces artisans qui se prenaient pour les rois du monde.

Au moment du coucher, Polo était visiblement angoissé à l'idée de passer la nuit dans sa chambre, elle commençait sérieusement à sentir le moisi. Pas moyen d'aérer, il pleuvait des cordes. Il fallait trouver une solution. J'ai demandé à Antoine de m'aider à déplacer le matelas de Polo dans la chambre d'Augustin. Polo a aussitôt retrouvé le sourire ! Et on a installé une grosse poubelle à la place de la bassine pour la nuit.

J'ai super mal dormi et fait un drôle de rêve. J'étais seule sur un bateau, au milieu d'une mer démontée ! Soudain, l'embarcation chavirait. La panique totale ! J'étais qu'un fétu de paille dans l'eau glaciale. J'arrêtais pas de boire la tasse, l'eau de mer me piquait le nez et les yeux, l'enfer ! Par chance, j'arrivais à remonter à la surface grâce à mon gilet de sauvetage. Pourquoi ce rêve bizarre ? Qu'est-ce que je faisais au milieu de cette tempête ? Heureusement, la sonnerie du réveil m'a tirée de mon cauchemar, j'étais en nage, le souffle court.

Le plombier est arrivé pile à l'heure du déjeuner. Il a fait une grimace quand il a vu les dégâts. Il a demandé ce qu'il y avait au-dessus. Je l'ignorais. Je lui ai proposé qu'on aille voir.

À vrai dire, la mère m'avait pas fait visiter cette partie de la maison. Personne allait là-haut. Le deuxième étage avait l'air condamné. Quand j'ai voulu entrer dans la pièce située au-dessus de la chambre de Polo, j'ai trouvé la porte bloquée. Je suis descendue pour demander à Antoine où était la clé. Il a eu l'air très gêné. C'était sûrement son père qui l'avait, il a dit.

Le plombier a déclaré qu'il faudrait bien finir par ouvrir cette porte si on voulait éviter une inondation.

Antoine a pianoté un SMS à toute vitesse.

Même pas une minute plus tard, une notification tintait sur son téléphone. Il a foncé à la cave et en est remonté presque aussitôt, tout essoufflé. Il m'a tendu un porte-clé en forme de cœur en velours rouge. La couleur et la forme m'ont marquée, je sais pas pourquoi. Antoine avait l'air déstabilisé parce qu'il a évité mon regard. En nous accompagnant là-haut, il bégayait presque, il était bizarre.

La porte a grincé en s'ouvrant. Antoine a fait une drôle de tête, on aurait dit qu'il entrait dans cette pièce pour la première fois. Il a fait remarquer qu'il fallait pas faire attention au désordre, que c'était une chambre d'amis.

Une odeur de renfermé et de vieille puanteur nous a pris à la gorge. Les persiennes étaient fermées, mais la lumière du jour passait à travers. Des papiers, des boîtes à chaussures, des vêtements traînaient par terre.

Antoine nous a guidés vers la petite salle de bains attenante. Là, j'ai aperçu le reflet de son visage dans la glace : il était tout pâle. Je lui ai dit qu'on allait se débrouiller, et il a déguerpi comme un voleur.

Feyraud m'a demandé quelle impression j'avais eue en découvrant cette pièce condamnée.

J'avais senti un malaise, du genre glauque, et j'ai pensé qu'il avait dû se passer quelque chose. Mais quoi ? Ce qui m'a choquée, c'était plus la crasse que le désordre, et puis y avait aussi cette odeur de moisi. Ça faisait comme un contraste avec le reste de la maison. Dans la salle de bains, on avait l'impression que la baignoire servait de dépotoir, elle était encombrée par une montagne de linge sale ; dans le lavabo, y avait en vrac une brosse à dents aux poils en bataille, un tube de dentifrice vide, un gobelet avec des traces de doigts et de calcaire, un flacon d'eau de toilette renversé presque vide, et des cheveux et des poils un peu partout. Derrière la porte, un peignoir d'un blanc douteux suspendu à un crochet. Par terre, une serviette éponge grisâtre, des vêtements tout froissés, une boîte de pansements, des Kleenex usagés, des boîtes de médicaments entamées, et puis de la poussière, partout. Pourquoi et depuis combien de temps cette pièce était-elle fermée à clé ? Vu la réaction d'Antoine, il avait les réponses à mes questions.

Feyraud a voulu savoir si j'avais remarqué autre chose. Non, rien d'autre, ai-je répondu.

Le plombier, lui, s'était intéressé qu'au mur correspondant à celui de la chambre du dessous. Surtout à l'endroit où se trouvaient la baignoire et les W-C. Il a retiré la trappe sous la baignoire et, à l'aide de sa lampe de poche, a cherché un écoulement d'eau. Rien. Il a vérifié la tuyauterie sous les W-C. Il a même démonté la chasse d'eau. Rien. Il a examiné le dessous du lavabo. Rien. Pourtant, on entendait bien un écoulement. D'où pouvait-il provenir ? Il a fini par coller son oreille contre le mur en pente. « J'ai l'impression que ça vient du toit », il a dit.

Et là, ça a fait tilt ! La branche ! Je lui ai parlé de la tempête, de la chute d'une grosse branche.

Il a ouvert le vasistas et a passé sa tête au-dehors. Quelques minutes plus tard, il a réapparu, l'air contrarié. Il allait falloir appeler un couvreur parce qu'y avait une brèche dans le toit, il a dit. Du fait des fortes pluies, l'eau rentrait et s'infiltrait.

Avant de partir, il a laissé une facture de trois lignes à trois chiffres : « Recherche de fuite. Déplacement. Total TVA incluse. »

À midi, y avait une drôle d'ambiance après le passage du plombier. Seul Polo avait l'air normal. Antoine et Augustin étaient abattus. Augustin a mangé la moitié de son assiette ; Antoine, lui, y a pratiquement pas touché. Pareil pour le dessert. Le tiramisu, c'était pourtant leur dessert préféré. Heureusement, Polo y a fait honneur. Augustin est sorti prendre l'air tandis qu'Antoine est monté dans sa chambre en prétextant qu'il avait des exos de maths à terminer et un contrôle de physique-chimie à préparer pour le lendemain. Ça m'arrangeait, je préférais être seule avec Polo.

Au dîner, même ambiance, les deux grands ont pas pipé mot. J'avais l'impression qu'ils avaient perdu leur langue. Antoine semblait vraiment perturbé. À la fin du repas, il a disparu sans demander son reste. Augustin a suivi.

Feyraud m'a demandé ce que j'avais pensé de la réaction des deux aînés.

Tout ça me paraissait étrange. Il avait dû se passer un truc qui avait laissé des traces. Mais quoi? Une fois tout le monde couché, je suis montée sans faire de bruit au deuxième étage.

Il m'a suffi d'allumer la lumière pour me rendre compte que cette pièce ressemblait à tout sauf à une chambre d'amis. Y avait un de ces bordels, là-dedans : un lit défait encombré de livres, de magazines, de coussins, de paquets de biscuits ouverts. Adossée à un mur, une guitare. Partout sur le sol, des vêtements sales ou roulés en boule, des chaussettes, des tee-shirts froissés, des boîtes de chaussures de sport vides. Je pouvais à peine poser un pied par terre. Sur le dossier de la chaise de bureau, des tas de pantalons de sport, de sweat-shirts. Dans la corbeille à papiers, des pelures de clémentines, des peaux de bananes, des trognons de pommes mélangés à des coupures de journaux. Dans la penderie, des pantalons, des jeans, une parka vert kaki, un coupe-vent gris ; sur les étagères, des piles de tee-shirts, de chemises aux couleurs sombres ; dans le bas du placard, des chaussures de sport. J'ai vérifié la pointure, c'était du 45. Sur le bureau, des livres de maths, de physique-chimie, des classeurs, des copies doubles recouvertes de calculs et de diagrammes. Des annales de maths ouvertes sur une page d'exercices. Au milieu de tout ça, j'ai trouvé un agenda. En l'ouvrant, je suis tombée sur la date du 15 décembre, où était notée une liste de devoirs à faire : des exercices de maths. Encore des maths, j'ai pensé. Y avait aussi deux sujets de philo au choix : « Peut-on tout dire ? » et « Qu'est-ce que la liberté ? ». Ça m'a fait gamberger, ces questions. Dans les deux cas, j'aurais eu plein de trucs à dire... J'ai continué à feuilleter l'agenda. Après décembre, plus rien de noté. En poursuivant ma fouille, j'ai soulevé une pile de bouquins et là, je suis tombée sur des cahiers. J'en ai ouvert un au hasard. Une petite écriture serrée et régulière :

« Physique-chimie, année 2018-2019, terminale S 3 ». Mon regard s'est arrêté sur un nom en haut de la page : « Nicolas de Jarnac. »

Qu'est-ce que ça voulait dire ?

Feyraud a levé la tête de ses notes et m'a regardée, intrigué, comme si j'avais la réponse à ma question.

Marie-Ange

Le voyage de classe en novembre me revient. Une douce mélancolie m'envahit: le ciel bas d'Édimbourg, les murs sombres de High Street et ses pavés luisants de pluie, le château forteresse qui déployait ses murailles de pierres grises le long d'une crête dominant la ville.

J'étais une amoureuse inconditionnelle d'Édimbourg. J'aimais ses rues animées, la National Gallery of Scotland, le Writers' Museum, ses pubs où coulait une bière de caractère aux teintes plus sombres qu'une nuit d'hiver. À vrai dire, ce n'était pas tant la bière que j'appréciais: c'était surtout l'atmosphère de ces lieux où se frottait un peuple fier et rugueux. Malheureusement, ce n'était pas le genre d'endroits que je pouvais fréquenter lors d'un voyage scolaire.

Initialement, je n'étais pas censée y participer. Un banal concours de circonstances avait fait que j'avais saisi l'occasion de partir. Une collègue s'était cassé le pied l'avant-veille du départ en glissant sur une plaque d'égout, il manquait donc un accompagnateur. J'hésitais, préoccupée à l'idée de laisser les enfants.

Ce voyage scolaire était le principal sujet de discussion au lycée depuis la rentrée. Les deux professeures d'anglais responsables de son organisation l'avaient préparé sans relâche. Je les avais souvent entendues en salle des profs évoquer les détails du programme qui me semblait dense et varié.

Les arguments de mes collègues pour me décider à les accompagner et mon besoin pressant d'évasion avaient eu raison de mes hésitations.

Cela me ferait le plus grand bien d'échapper à mon quotidien, avant de me consacrer entièrement à mon concours. Et, inutile de me voiler la face, ce serait surtout l'occasion de prendre mes distances avec Pierre.

Quelques jours plus tôt, il m'avait fait une nouvelle scène. Nous étions dans la cuisine, nous avions terminé de dîner. Les enfants étaient montés dans leurs chambres. Il avait commencé à me chercher des noises en prétextant que je l'évitais, que « je lui faisais la gueule ». Soudain, il m'a balancé un verre d'eau à la figure, m'a prise par les poignets et m'a serrée avec une force incroyable. Je l'ai supplié de me lâcher. Il a continué. Il jubilait de me faire mal. Je sentais son haleine alcoolisée. Son étreinte s'est légèrement relâchée et j'en ai profité pour m'échapper. Il a voulu me rattraper en me retenant par les cheveux, mais il s'est cogné à l'angle de la table, et j'ai pu me sauver de la cuisine. J'ai couru me réfugier dans la salle de bains à l'étage, où je me suis aspergé le visage d'eau fraîche pour me réveiller de ce cauchemar. Dans le miroir, j'ai cru voir quelqu'un d'autre. C'était moi sans être moi. Quelque chose clochait dans mon expression. Je ne savais pas quoi. Je me suis regardée de plus près, et j'ai compris. Dans mes yeux, il y avait quelque chose que je ne voulais ni voir ni nommer. J'ai fermé les yeux et tourné les talons.

Quand je repense à cette scène et aux autres, je perçois que j'étais chaque fois soumise à un étrange phénomène : j'éprouvais un puissant sentiment de honte et, tapie au plus profond de moi, l'impression d'être un animal qui ne sait où aller pour fuir son prédateur. Ces scènes douloureuses, je me bornais à les refouler, comme s'il ne s'était rien passé. Après quoi, je mesurais l'étendue de ma solitude. Une question revenait sans cesse me hanter : comment échapper à mon mari ?

Le voyage en Écosse était donc plus qu'une bouffée d'oxygène, c'était une échappatoire indispensable, une parenthèse pour respirer, réfléchir, reprendre des forces, même si accompagner un groupe d'élèves demandait une énergie de chaque instant. Pour avoir déjà fait l'expérience de ces séjours, je savais que je reviendrais ravie. Il y régnait toujours une humeur décontractée et légère, qui permettait de découvrir les élèves sous un autre jour, de mieux les connaître.

Un séjour intense et riche en découvertes, telle était la promesse faite par Cathy et Sonia aux élèves et à leurs parents. Promesse tenue ! Après nous être promenés dans Édimbourg, nous avons emmené les enfants au loch Ness, où nous avons attendu (en vain !) l'apparition du monstre sous une pluie battante dont seule l'Écosse a le secret. Le lendemain, à la seconde où ils ont aperçu la silhouette du viaduc de Glenfinnan, tous les élèves sans exception ont reconnu la fameuse ligne qui mène à Poudlard, l'école des sorciers dans *Harry Potter*. Sonia et Cathy avaient prévu jusqu'à l'horaire de passage du train à vapeur. Cela faisait partie de la surprise ! À l'heure dite, le sifflement du train a retenti dans la vallée. L'énorme locomotive est apparue triomphante, crachant de furieux jets de vapeur. Quel spectacle ! Évidemment, nous n'étions pas seuls sur les lieux. Nos élèves ont applaudi et ne se sont pas privés de photographier et de filmer la scène pour la poster illico sur les réseaux sociaux. Inutile de parler de l'ambiance sur place et sur la route du retour à l'hôtel ! Le pauvre chauffeur de bus a eu bien du mérite à supporter les sifflements, les chants, les cris et autres débordements que nous avions beaucoup de mal à maîtriser.

Le troisième jour, nous avons découvert le majestueux Castle Stalker, un château abandonné et posé sur les eaux d'un immense lac aux teintes pourpres. Je ne connaissais pas cette merveille et j'avoue avoir été très impressionnée par sa beauté austère. J'ai aussi adoré ces paysages sauvages de montagne où rien ne pousse à part une herbe brune au milieu des rocailles abruptes de part et d'autre de la route.

La magie du voyage a été interrompue par un message de Laurie. Elle me parlait d'une fuite d'eau. Je savais que Pierre prendrait le problème à bras-le-corps, j'ai donc laissé passer un peu de temps.

J'ai fini par la rappeler, bien sûr. Laurie m'a relaté le déroulé des opérations. Malheureusement, ils avaient dû donner l'accès de la chambre du deuxième étage au plombier. A priori, il était impossible de faire autrement. On ne peut pas tout prévoir. La seule idée qu'on avait poussé cette porte me donnait le vertige. Depuis ce funeste jour, je n'avais pas été capable de retourner là-haut, de ranger ses affaires. Rien n'avait bougé. Le courage m'avait manqué depuis son départ si brutal et inattendu. Ce vide laissé derrière lui était terrible. *Je revois sa longue silhouette d'adolescent, son sweat à capuche, son dos légèrement voûté. La profondeur de ses regards, la subtilité de son esprit, de ses raisonnements, la finesse de son humour décalé, les soirées crêpes dont il avait le secret, sa différence, tout simplement.* Je me surprenais à fredonner des chansons qu'il aimait, je croyais encore entendre le bruit de ses pas.

Cet appel m'a tellement chamboulée que mes collègues s'en sont aperçues. Il suffisait d'un rien pour ranimer cette douleur sourde et profonde.

Une fois encore, je me voilais la face avec ce triste secret qui ne cessait de me ronger. Par quel miracle suis-je parvenue à maintenir la souffrance à distance et à garder mon calme en toute circonstance ou presque ? Il y a sans doute chez tout être humain une capacité insoupçonnée à s'adapter à tout, même à l'insoutenable.

Pierre

Ma mémoire vagabonde, je replonge dans la période de l'Avent. J'ignorais alors que je vivais mon dernier Noël. Étrangement, ces souvenirs m'emplissent de joie et d'amertume. Je ne peux m'empêcher de ressentir une sorte de malaise à être spectateur de ma vie, à la voir se rejouer devant moi.

Quand nous sommes rentrés avec un sapin sous le bras, Polo a poussé des cris de joie ! Il a insisté pour qu'on l'installe tout de suite près de la cheminée. Je voyais des étincelles jaillir de ses yeux. Ensuite, nous sommes allés à la cave chercher les décorations de Noël. Il a ouvert une première caisse dont il a tiré des guirlandes argentées qu'il a disposées avec soin sur les branches du bas. Je l'ai laissé faire. Marie-Ange aussi. Il avait l'air sérieux et tellement concentré. À chaque fois qu'il posait une guirlande, il reculait d'un pas pour constater l'effet d'ensemble sur l'arbre.

— Dis, maman, c'est beau comme ça, hein ?
— C'est magnifique, mon chéri !
— Tu trouves aussi, papa ?
— Oui, bien sûr ! Continue !

Je lui ai donné un coup de main pour décorer les branches du haut. Je l'observais du coin de l'œil, il contemplait l'arbre d'un air tracassé, comme si sa vie en dépendait.

— Polo, ton sapin est superbe ! ai-je fait.
— Mais c'est pas fini !

—Ah bon ?
— Bah, et la crèche ?
— La crèche, bien sûr, où avais-je la tête !

J'ai tiré la crèche de son emballage plastique et l'ai déposée au pied du sapin. Après avoir disposé les personnages principaux, Marie-Ange a pris soin de retirer l'enfant Jésus de sa couche, puisque nous n'étions qu'au tout début de l'Avent. Une fois la décoration achevée, Polo s'est assis devant l'arbre. Il est resté silencieux quelques instants, à contempler les angelots, les étoiles, les lumières clignotant dans la pénombre. Il a poussé un soupir. Marie-Ange aussi.

L'odeur du sapin a fait surgir un flot de souvenirs devant mes yeux. J'ai soudain revu le scintillement des bougies dans la maison de mon enfance, où flottait un parfum de sucre, de cannelle et de pain d'épice. Dès le début du mois de décembre, ma mère commençait à préparer ces pâtisseries dont elle tenait les recettes de sa grand-mère alsacienne. Je me rappelle le stollen, une sorte de pain allongé recouvert de sucre glace, qui avait l'avantage de nous nourrir autant que de nous réjouir. Mon frère, Jean-Baptiste, et moi, on adorait ça !

D'une manière aussi inattendue que spontanée, Polo a interrompu ma rêverie, jetant sans le savoir un nouveau froid entre Marie-Ange et moi.

— Dis, papa, il sera là pour Noël, Nicolas ?
— Euh... bah... Tu sais bien qu'il est très loin, il ne peut pas venir comme ça ! ai-je répondu, décontenancé.
— Tu sais, l'Amérique, c'est loin, a lancé Marie-Ange avec cynisme en me fusillant du regard.
— Pourquoi il ne téléphone pas ? a demandé Polo.
— Il n'a peut-être pas le temps... Il travaille beaucoup, tu sais...
— Ah bon... Tu avais promis qu'il reviendrait. Dis, pourquoi il ne sera pas là ?
— Écoute, Polo, c'est comme ça.
— Ben c'est pas juste !

— On n'y peut rien.
— Vraiment ? Enfin Pierre, tu te moques de qui ? a rétorqué Marie-Ange en haussant la voix.

Elle s'est levée d'un bond et est sortie en claquant violemment la porte.

Laurie continuait de s'activer dans la cuisine tout en chantonnant des tubes à la mode. Il était fort peu probable que la fin de cet échange lui ait échappé. Encore plus improbable qu'elle n'ait pas perçu la tension entre Marie-Ange et moi. Quelques instants plus tard, j'ai pris Laurie à part pour tenter de dissiper ce malaise et, à tant faire, noyer le poisson au sujet de l'occupant de la chambre du haut. Nicolas, lui ai-je dit en faisant mon possible pour maîtriser le léger tremblement de ma voix, était un de mes neveux que Polo aimait comme un frère et que nous avions hébergé l'année dernière dans la chambre du haut. Ses parents (mon frère et ma belle-sœur, donc) avaient eu de graves problèmes de santé pratiquement au même moment... et tout naturellement... nous l'avions accueilli, le temps que les choses s'arrangent... « Et comme les choses se sont arrangées, il est reparti... Tout simplement », ai-je conclu.

Pour une fois, elle m'a regardé droit dans les yeux. Les bras croisés, elle s'est contentée de garder le silence. Elle a juste eu une légère inflexion des sourcils. Je dois avouer que la façon dont elle m'a fixé m'a troublé. Elle a toujours l'air absente quand on lui parle. Cette fois-là, pourtant, j'aurais juré qu'elle lisait dans mes pensées. J'ai eu l'étrange impression qu'elle n'était pas convaincue par cette mise au point, comme si elle connaissait déjà les dessous de l'affaire.

Quand j'y repense, je ne m'attendais pas à ce que Polo demande des nouvelles de Nicolas. Je croyais qu'il avait oublié cette histoire. Moi, je l'avais mise de côté. Sur le coup, cela m'avait perturbé, même si je n'en avais rien montré. J'étais très vite passé à autre chose. Bien sûr, je n'avais pas non plus anticipé la réaction de Marie-Ange. D'habitude, elle se taisait. Ce soir-là, elle a lancé des insinuations avant de claquer la porte.

Ça aurait pu être pire. Pour Laurie, en revanche, il avait fallu trouver un subterfuge. Instinctivement, je lui avais servi cette version – tout à fait crédible, au demeurant.

Maintenant, je me rends compte que cet enchevêtrement de mensonges n'a jamais cessé de me hanter. Même morts, ces souvenirs restent terriblement vivants.

Laurie

Ce matin-là, je suis arrivée avant l'heure habituelle pour récupérer la demi-heure de la séance précédente. Toujours égal à lui-même, Feyraud m'a accueillie avec un sourire. Il suffisait que je passe la porte de son cabinet pour me sentir en sécurité.

J'ai repris le fil de mon récit.

C'était la veille de Noël. J'étais dans ma chambre en train de préparer mes affaires. Pour la troisième fois, je tentais d'organiser le contenu de ma valise : rien à faire, ça fermait pas. Ces fichus cadeaux prenaient une place de dingue. Pour ma mère, j'avais trouvé un coffret avec parfum, lait pour le corps et savon ; pour ma tante, pareil ; pour ma sœur, Mélissa, un assortiment de gloss allant du rouge sang au rose fluo, plus une trousse de maquillage. Enfin, pour mes trois cousins, des minifigurines Lego, des bonbons Haribo, un puzzle. C'était pas grand-chose, et pourtant... J'étais sur le point d'abandonner quand Polo s'est pointé la mine triste et les yeux humides en me demandant combien de temps je partais et, surtout, quand je reviendrais.

Je l'ai pris dans mes bras et l'ai rassuré en lui disant que ça passerait vite. Il s'est mis à me poser plein de questions sur ma famille. Il voulait savoir si j'avais des frères et sœurs. Je lui ai expliqué que j'avais une sœur qui s'appelait Mélissa, qu'elle aurait justement dix-sept ans le jour de Noël. Quand je lui ai dit que mon papa était mort deux ans plus tôt, j'ai eu les larmes aux yeux. Lui aussi. Nicolas lui manquait, il a dit.

Je me suis souvenu de l'explication du père à propos de ce neveu hébergé temporairement. J'ai repensé à la chambre condamnée. Je revoyais le désordre, le nom écrit sur le cahier. C'est la raison pour laquelle j'ai tenté d'en savoir un peu plus. J'ai demandé à Polo depuis combien de temps Nicolas était parti. L'année dernière, à Noël, pour faire ses études en Amérique, il m'a répondu. J'ai continué à le questionner. Je voulais savoir s'il avait eu de ses nouvelles depuis. Il a eu l'air embêté et a secoué la tête.

Feyraud m'a alors interrompue pour me demander si Polo ou les autres membres de la famille m'avaient spontanément parlé de Nicolas à d'autres occasions. En y réfléchissant, je me suis rendu compte que personne parlait de lui, personne a même jamais prononcé son nom. Silence radio.

À croire que ce neveu faisait plus partie de la famille... Comme quoi, on peut très vite disparaître de la vie des gens. Ne pas prononcer un nom, c'est le début de l'oubli. C'est dingue comme ça peut être violent, le silence, finalement.

Feyraud a hoché la tête, puis il m'a demandé si j'avais été contente de rentrer chez moi pour Noël. Bah, c'est clair que oui, je lui ai dit, et j'ai continué mon récit.

Le lendemain matin, j'ai pris le bus. En arrivant à la gare, j'ai sauté dans le premier train pour Saint-Lazare. De là, j'avais une correspondance pour Rouen, où ma mère devait venir me chercher. « Pile en bout de quai », comme elle me l'avait confirmé la veille au téléphone. Je l'ai tout de suite repérée dans la grisaille de la foule. Son vieux manteau rouge sortait du lot. Je lui ai fait signe. Le train avait eu du retard. Elle s'est précipitée vers moi avec un « Te voilà enfin ! » et m'a serrée dans ses bras. Toujours cette même odeur de tabac brun qui imprégnait ses vêtements et ses cheveux. Ça m'a immédiatement gratté la gorge et le nez.

Elle voulait faire un crochet au Leclerc pour acheter deux trois bricoles.

Il a fallu marcher une bonne demi-heure avant de rejoindre la voiture. Ma mère évitait systématiquement de se garer dans le centre-ville. Une vieille habitude datant des années de vaches maigres, dont on ne voyait pas le bout. Elle connaissait les dernières rues gratuites de la ville, toutes à la périphérie. Elle marchait au pas de course. Je la suivais comme je pouvais en tirant ma lourde valise sur les trottoirs détrempés, le bruit des roulettes résonnait dans toute la rue. Je commençais à fatiguer.

À un moment donné, elle s'est arrêtée en pointant du menton la voiture garée à côté d'elle et, là, j'ai mis un peu de temps à reconnaître sa vieille Panda, à cause de la bâche scotchée en guise de vitre arrière. Je lui ai demandé ce qui s'était passé. Elle m'a expliqué qu'y avait eu des tentatives de cambriolage le mois dernier dans le quartier, qu'elle était pas la seule à avoir eu ce genre de dommages et qu'elle galérait en attendant le remboursement de l'assurance qui faisait la sourde oreille malgré ses relances.

Après avoir fait claquer sa portière, ma mère a démarré en mode vénère et a rapidement quitté l'impasse pour s'engager sur la route du Leclerc. Le plastique collé sur la vitre arrière arrêtait pas de claquer. Ça faisait un bruit d'enfer. Le vent s'engouffrait dans l'habitacle et faisait virevolter les cendres qui s'échappaient du cendrier plein à ras bord. Elle a allumé une gitane et j'ai respiré la fumée bleue qui envahissait doucement tout l'espace. D'un coup, des tas d'images et de souvenirs sont revenus me hanter.

J'ai revu le salon continuellement saturé de cette épaisse brume bleutée, ma mère vautrée sur le canapé dans sa robe de chambre rose délavé devant la télé allumée, l'évier de la cuisine rempli de vaisselle sale, le frigo vide. Dans la salle de bains, le robinet de la baignoire qui gouttait depuis des lustres, le rideau de douche déchiré qui attendait un hypothétique remplacement. La poignée de ma fenêtre qui se bloquait une fois sur deux, les lattes de mon lit cassées. Les soirées avec ma sœur qui me parlait de ses premiers petits amis, et moi qui l'encourageais à aller au planning familial pour se faire prescrire la pilule. Nos retours de boîtes de nuit au petit matin après une longue marche sur le bord de la route, parce que tous les potes nous avaient larguées juste avant l'heure de la fermeture. Nos interminables discussions sur les mecs, nos théories fumeuses sur l'amour et le sexe, nos échanges de vêtements, nos fous rires pendant nos séances de manucure, de maquillage, d'épilation (sourcils-aisselles-jambes-maillot), nos secrets de filles, tout ce qui fait que nous sommes sœurs et inséparables.

Ma mère a serré le frein à main comme une brute. Ça m'a fait redescendre sur terre. Elle a reclaqué sa portière – elle sait pas fermer les portes autrement. Je lui ai emboîté le pas et l'ai suivie dans les rayons du supermarché qu'elle connaissait par cœur. Comme elle savait ce qu'elle voulait, on a pas perdu de temps. Son Caddie était quand même bien rempli pour les deux trois bricoles qu'elle était censée acheter. À la caisse, elle a renversé une bouteille de Coca sur le tapis roulant et rattrapé de justesse une pile de boîtes de thon qui menaçait de s'écrouler. Au moment de payer, elle a ouvert toutes les fermetures Éclair de son sac, les unes après les autres, puis elle s'est mise à fouiller, à revérifier. Comme elle trouvait ni son chéquier ni sa carte de crédit, elle m'a demandé d'un air un peu agacé si je pouvais lui avancer le montant des courses. Je lui ai tendu ma carte bleue.

Sur le moment, j'ai pas trop prêté attention à ce qui venait de se passer. Sur la route du retour, elle s'est mise à chantonner et à plaisanter avec une mine faussement décontractée, sans s'excuser ni faire le moindre commentaire sur cet incident. J'ai trouvé ça bizarre. C'était pas dans ses habitudes, cette façon d'agir. Ça m'a fait flipper. J'en suis même arrivée à me demander si elle m'avait pas pigeonnée. Bien sûr, je me suis sentie coupable d'avoir des idées aussi tordues. Vu qu'on approchait de la fin du mois, elle avait sans doute pas encore reçu sa paye, l'hôpital réglant systématiquement avec un décalage de quelques jours... En même temps, avec son maigre salaire d'aide-soignante, elle était en permanence sur la corde raide. N'empêche, à ce moment-là, je me suis sentie mal à l'aise. Il fallait absolument que j'éclaircisse cette histoire.

Un quart d'heure plus tard, on était rendues. Devant nous, la longue barre d'immeuble grise s'étirait sur toute la rue. Entrée par le porche encombré d'une bande de gamins qui jouaient au foot avec un ballon crevé et juraient comme pas permis. Montée des marches avec valise et sacs de courses jusqu'au quatrième étage sans ascenseur. Odeur de soupe et de détergent dans la cage d'escalier. Sur le pas de la porte, le même paillasson hors d'âge qui n'essuyait plus rien depuis belle lurette. Derrière la porte, les aboiements de Barnabé – un adorable bâtard trouvé dans la rue un soir de juin y a deux ans, à la Saint-Barnabé, d'où son nom. Dans l'entrée, vue sur le couloir étriqué au papier peint déchiré, les traces d'usure sur le lino couleur terre.

Mélissa a couru vers moi et m'a serrée dans ses bras un bon moment pendant que Barnabé chouinait derrière moi en réclamant son lot de caresses.

Avant de disparaître dans le salon pour lire un message sur son téléphone qui venait de biper, ma mère nous a rappelé qu'y avait les courses à ranger et la bouffe à faire. Les sachets de purée étaient dans le placard et les chipos au frigo.

L'avantage, avec les menus qui changent pas d'un iota, c'est qu'on perd pas ses repères. Ce qui était donc certain, c'est qu'on était un samedi, le jour des « chipos-purée ».

Quand on s'est retrouvées toutes les deux dans la cuisine, Mélissa s'est mise à me faire des signes, façon langage sourd-muet, à cause des murs en carton-pâte de l'appartement. J'ai vite compris qu'elle avait morflé depuis mon départ, même si on était restées en contact. Mais, la distance, c'est pas forcément facile à vivre. Se retrouver seule avec notre mère l'avait visiblement mise à cran. Là, elle s'est lâchée et m'a dit qu'elle avait inscrit notre mère sur des sites de rencontres pour avoir la paix parce qu'elle était grave chiante. J'en revenais pas et je lui ai demandé comment notre mère avait réagi. Au début, elle était pas d'accord. Elle trouvait que c'était n'importe quoi. Alors, Mélissa lui a sorti qu'une meuf comme elle méritait pas de rester seule. Du coup, elle s'était laissé convaincre. D'après ma sœur, elle avait déjà eu des contacts, et même fait quelques touches.

En attendant, je m'étonnais de pas trouver de lait dans le frigo pour la purée. Ni de beurre, d'ailleurs, alors qu'on venait de passer au Leclerc. J'ai fini par dénicher du lait en poudre et de l'huile, ça a fait l'affaire. Pendant que je surveillais la casserole de purée et les saucisses dans la poêle, Mélissa mettait le couvert. Dans le salon, notre mère faisait ses mots fléchés devant la télé qui gueulait.

On a avalé notre déjeuner et, juste avant le dessert, notre mère nous a annoncé qu'elle nous laisserait faire la vaisselle parce qu'elle avait un rancard en ville en début d'après-midi et qu'il fallait qu'elle se magne.

Mélissa m'a fait un clin d'œil. Pendant qu'elle enfilait ses gants en caoutchouc, j'ai prétexté l'oubli de mon téléphone pour m'éclipser de la cuisine. J'ai eu aucun mal à trouver le sac à main de ma mère, accroché au portemanteau de l'entrée. J'ai fait comme si je fouillais dans les poches de mon manteau. J'ai pas mis longtemps à trouver le fameux chéquier et sa carte bleue.

Là, Feyraud m'a demandé ce que cela m'avait fait de constater que ma mère avait menti.

Ça m'avait fait mal. Je comprenais pas. J'ai eu honte pour elle, je me suis sentie trahie, c'était bizarre, je ressentais un mélange de colère, de tristesse et de pitié. Qu'elle en soit réduite à ça...

J'ai ravalé ma rancœur et j'ai rejoint Mélissa à la cuisine. Je l'ai aidée à finir de ranger, comme si de rien était.

Dix minutes plus tard, notre mère reparaissait devant nous, littéralement relookée de la tête aux pieds! Elle avait l'air d'une gamine surexcitée qui sort pour la première fois de sa vie.

On l'a félicitée pour sa jupe en cuir et son haut brillant super moulant. Elle avait coiffé ses cheveux en arrière, mis un peu de blush sur ses joues et du rouge sur ses lèvres. Elle était pas mal. Avant de claquer la porte derrière elle, elle nous a souhaité un bon après-midi.

On était contentes de se retrouver. On a passé des heures à se raconter notre *life*. Mélissa m'a parlé des soirées où elle se faisait draguer par des types trop chiants depuis qu'elle s'était fait piquer son mec par Julia, sa meilleure copine devenue sa pire ennemie. Celle-ci avait pas trouvé mieux que de poster des stories sur Insta, où on les voyait en train de s'embrasser ou de poser devant l'écran collés l'un contre l'autre. Mélissa était dégoûtée. J'ai fait ce que j'ai pu pour la consoler. Moi, je lui ai raconté ma vie chez les Jarnac, ça l'a fait sourire, et puis voilà.

Le lendemain, c'était le 25. Il était tôt quand j'ai ouvert un œil, réveillée par les puissants ronflements de ma mère qui traversaient les murs. Impossible de rester au lit avec un bruit pareil.

En ouvrant les volets, j'ai vu les toits de la zone pavillonnaire blanchis par le givre. Sur les antennes télé accrochées aux cheminées fumantes, des tas d'oiseaux s'étaient réfugiés en espérant trouver un peu de chaleur. Sur celle d'en face, j'ai remarqué un couple de pigeons, serrés l'un contre l'autre. Tout à coup, une corneille s'est pointée à l'autre bout du râteau et a commencé à croasser pour chasser les deux tourtereaux. Ils ont fait comme si de rien était. Pourtant, l'autre a pas arrêté de les agresser avec ses cris. Les deux ont tenu bon ; la corneille a fini par déguerpir. C'était un peu comme dans la vie : y avait les emmerdeurs et les emmerdés. Finalement, les animaux sont pas tellement différents des humains.

J'ai avalé un café avant de sortir tous les ingrédients pour le gâteau d'anniversaire de Mélissa. Le fondant au chocolat, c'est ma spécialité. Fallait pas que je traîne trop. Tata Irène allait débarquer en fin de matinée avec ses trois gosses. Je voyais déjà la scène, comme chaque année : Kevin, Tom et Kilian collés devant la télé à fond, en train de mater les dessins animés, et nos mères (célibataires toutes les deux) en train de refaire le monde à la table de la salle à manger couverte de pâtés de foie, de jambon et de saumon fumé, en attendant que la dinde finisse de rôtir au four. Un Noël comme les autres.

« Mais un bon Noël quand même ? » m'a demandé Feyraud. Bah oui, j'étais contente de passer du temps avec ma famille, je lui ai dit.

Marie-Ange

Au seuil de mon état de morte, je crois que je n'ai jamais autant aimé la vie, ce qui peut paraître paradoxal, j'en ai conscience. Quelque chose doit me retenir, je ne saurais dire quoi. Je m'accroche à mes souvenirs, je me revois en décembre devant la crèche, avec mes enfants. Je paierais cher pour revivre cet instant de calme. Puis l'image se trouble comme dans un rêve, et une étrange musique me parvient.

Nous étions arrivés en avance, comme chaque année. Une heure avant, il fallait bien ça. Ainsi, nous étions sûrs d'avoir une place et d'être assis ensemble. L'église était froide et humide. Malgré l'heure, les familles se pressaient déjà, les bancs se remplissaient vite, on réservait sa place comme au cinéma. Des voix résonnaient un peu partout, dans une excitation inhabituelle sans doute due aux chants de Noël diffusés en boucle depuis le matin, à l'illumination scintillante de la crèche, aux cris des enfants qui couraient dans les allées latérales.

Une demi-heure avant le début de la messe, le chantre s'est placé devant le micro et a proposé à l'assemblée de répéter les chants traditionnels de la Nativité. Dans un bel enthousiasme, nous avons suivi le mouvement. Il m'était impossible de ne pas entendre la voix puissante de Pierre à mon côté. Cette voix chaude et profonde qui célébrait « le divin enfant » avec une telle ferveur que je n'en croyais pas mes oreilles. Cette voix capable de hurler sur Antoine, cette voix qui faisait mal, si mal, quand elle proférait des insultes et des insanités. Je l'ai regardé du coin de l'œil. Je devinais son profil harmonieux dans la pénombre. Il avait l'air tellement charmant. Une gueule d'ange ! On lui aurait donné le bon Dieu sans confession. Et pourtant, il pouvait se montrer parfaitement odieux. Comment expliquer cette duplicité ? Deux êtres semblaient cohabiter en lui : celui que j'aimais, et l'autre. Celui-là, je le détestais, je le haïssais de toutes mes forces. Je le craignais. Plus le temps passait, plus il lui arrivait de déraper. C'était tout le problème. Le temps pouvait-il changer autant les êtres ? Ou le mal était-il déjà là au départ, invisible ?

Perdue dans mes réflexions, j'ai à peine vu passer la messe et, sans même m'en rendre compte, je me suis retrouvée embarquée dans la cohue de la sortie, en train de serrer les mains de voisins, de connaissances et de parents d'élèves sur le parvis de l'église qui, malgré un vent glacial et une pluie givrante, était noir de monde.

— On se fait un apéro en janvier ? nous a demandé Julien, notre voisin d'en face.

— Avec grand plaisir, a répondu Pierre en lui tapotant l'épaule.

— Je t'envoie une invit' par SMS !

— Parfait.

— Joyeux Noël !

— À vous aussi ! lui a répondu Pierre.

Puis, me prenant soudain par la taille et m'embrassant dans le cou, il a ajouté : « Rentrons, il fait un froid de canard ! » Je croyais rêver. Depuis combien de temps n'avait-il pas eu de geste tendre à mon égard ? C'était ce Pierre-là que j'avais connu, il y a longtemps, que j'avais aimé passionnément. Le feu s'était fatalement calmé, presque éteint, remplacé par une sorte de tiédeur, de ronronnement rassurant. Comme beaucoup de couples qui durent, nous étions englués dans le confort d'une union stable et dépassionnée. Je savais que l'image que nous renvoyions n'était pas fidèle à ce que nous étions. Il m'arrivait parfois d'envisager de vivre sans lui. Sans ses cachotteries, ses mensonges, ses excès alcooliques, ses accès de colère, ses violences. Ce serait une délivrance, sans aucun doute. Toujours est-il que je n'étais pas en état d'entreprendre quoi que ce soit. Je savais que je n'aurais ni la force ni le courage de demander une séparation. Du moins, pour le moment. Mes antidépresseurs me stabilisaient, certes ; ils me fatiguaient aussi beaucoup. J'en étais réduite à supporter l'insupportable.

Dans la nuit froide, nos pas résonnaient sur les trottoirs recouverts d'une fine couche de givre. J'ai senti la main de Pierre remonter doucement sur mon épaule, comme une caresse. Malgré mon trouble, j'ai souri. Il m'a embrassée. Je ne m'y attendais pas. Je me suis raidie. Il a dû s'en rendre compte. Devant nous, les deux grands marchaient vite, obligeant Polo à courir pour rester à leur niveau. Une fois à la maison, une bonne odeur de volaille rôtie nous a accueillis dès l'entrée. J'avais laissé la dinde cuire à feu très doux. La table était dressée, le sapin illuminé. Il me restait seulement à réchauffer les pommes dauphines et les champignons.

J'entendais les enfants parler dans le salon. J'ai disposé le foie gras sur un plat en porcelaine. Voilà, tout était prêt.

— À table, ai-je lancé.

— On arrive ! ont répondu les enfants en chœur.

— Où est papa ? ai-je demandé avec enthousiasme, en déposant le plat sur la table.

— Il est monté, a répondu Augustin.

Nous nous sommes installés autour de la table. Les enfants se sont servis. Moi aussi. Les assiettes étaient copieusement garnies. Il ne manquait plus que Pierre. J'ai senti l'angoisse m'envahir. J'ai pris une profonde inspiration.

— Allez-y, les enfants, commencez à manger.

— On n'attend pas papa ? a demandé Augustin.

— Non, il va descendre.

— Bon appétit, a lancé Antoine.

— Tu ne manges pas, maman ? s'est inquiété Polo.

— Si, si, j'attends un peu.

Quand il est apparu dans l'encadrement de la porte de la salle à manger, j'ai tout de suite compris. Son regard trouble, fuyant. Sa bouche torve. Il venait de s'enfiler une lampée, vite fait bien fait. Il ne pouvait pas s'en empêcher. Je me suis efforcée de dissimuler ma contrariété. Malgré tout, le repas s'est bien passé. Les enfants discutaient, posaient des devinettes, racontaient des blagues, ce qui contribuait à alléger l'ambiance. Pierre a gardé le silence. Tout le monde a apprécié le repas. J'en veux pour preuve que chacun s'est resservi et que les plats étaient vides en repartant à la cuisine. J'avais également prévu un magnifique plateau de fromages, qui a été nettoyé en deux temps trois mouvements.

Le moment du dessert est arrivé. Pierre s'est levé pour sortir la bûche glacée du frigo. Il a mis un temps infini à la déballer. Agacée par sa lenteur, je l'ai rejoint à la cuisine. Ses mains tremblaient, ses gestes étaient maladroits. Je l'ai aidé comme j'ai pu et, à nous deux, nous avons réussi à démouler la bûche. Il est sorti de la cuisine en tenant le plat devant lui. À peine était-il dans la salle à manger que je l'ai entendu se mettre à hurler.

— Fait chier ! Putain de merde !
— Qu'est-ce qui se passe ? ai-je fait en accourant dans la pièce.

La bûche s'était écrasée sur le sol.

Les enfants se sont précipités pour ramasser la glace et la redisposer sur le plat.

— C'est pas grave, c'est bon quand même ! a lancé Polo, enthousiaste.
— On n'a qu'à retirer la partie qui a touché le sol, a proposé Augustin.
— Oui, ça ira, ai-je dit.

Piqué au vif, Pierre a disparu en claquant la porte de la salle à manger. Après avoir nettoyé le sol, nous avons avalé notre bûche glacée sans un mot. Dans le silence, on entendait juste le bruit des couverts cliqueter contre nos assiettes. Les enfants m'ont ensuite aidée à débarrasser la table et à remplir le lave-vaisselle. Avant de monter dans leurs chambres, les deux grands m'ont embrassée en me souhaitant bonne nuit. Ils n'ont fait aucune remarque sur l'incident de la bûche. Ils étaient habitués aux frasques de leur père. Polo est venu me rejoindre au salon et s'est assis à côté de moi.

— Pourquoi il est en colère, papa ?
— Il est fatigué, il travaille beaucoup ces temps-ci.
— Mais il est tout le temps fatigué !
— Je sais que c'est difficile. Il ne faut pas lui en vouloir.

Comme pour se rassurer, il a changé de sujet.

— Tu crois que le Père Noël m'apportera le camion de pompiers et les boîtes de Lego que j'ai commandés ?
— Tu verras bien, mon chéri, ai-je fait en le serrant dans mes bras.

Comme un petit animal, Polo s'est collé contre moi et, tout en demeurant immobile, il s'est mis à fredonner une chanson douce. Je sentais la chaleur de son corps me réchauffer. Je lui caressais le dos et, peu à peu, son chant s'est éteint. Il était en train de s'endormir.

— Il est l'heure d'aller au lit, lui ai-je murmuré.

Nous sommes montés dans sa chambre et je l'ai couché.

— Bonne nuit, maman, m'a-t-il chuchoté à l'oreille en m'entourant de ses petits bras.

— Bonne nuit, mon Polo chéri.

Je suis restée seule au salon à contempler les guirlandes clignoter dans la pénombre. Le silence était à peine troublé par le cycle de lavage du lave-vaisselle. Roulé en boule sur mes genoux, Whisky ronronnait. La chaleur de cette petite boule de poils me réconfortait. C'était bien lui le plus heureux dans cette maison, ai-je soupiré, songeant au raté de tout à l'heure qui ne faisait que s'ajouter aux fêtes et anniversaires qui avaient tourné au fiasco. Pierre trouvait systématiquement un prétexte pour gâcher l'ambiance. Les seuls moments où il se tenait à peu près tranquille, c'était lorsque nous recevions du monde.

Inévitablement, j'en viens à me demander comment, de mon vivant, j'ai pu accepter de subir ces humiliations ? Comment avais-je pu me taire si longtemps ? Était-ce de la lâcheté de ma part ? Sans doute. Réduite au silence malgré moi, je crois aussi que j'avais peur. De tout un tas de choses, de Pierre surtout, de ses colères, de sa force physique. Cette peur, oui, elle me paralysait.

Mes pensées sont allées vers l'absent.

— Un an que tu es parti, un an déjà. Tu me manques tellement, Nico. Où es-tu ? ai-je murmuré.

Ma gorge s'est serrée et une larme a coulé sur ma joue.

Pierre

Après les excès et les indigestions des fêtes de fin d'année, janvier a commencé sur les chapeaux de roue. Pas de temps mort. Vu d'ici, ça peut paraître curieux, voire cynique, de parler comme ça, mais la réalité terrestre est ainsi faite.

Au boulot, après avoir fini 2019 sur les rotules, on venait de nous fixer de nouveaux objectifs. Chaque année, c'était le même mot d'ordre : toujours plus, toujours mieux ! En clair, ce n'était jamais assez. Mais, cette fois-ci, c'était encore plus dingue que d'habitude, parce que Blanchard – un faux-cul de première – m'en avait rajouté une louche avec la future réorganisation, la stratégie du groupe... Je savais bien ce que cela voulait dire. On attendait le prochain départ à la retraite de deux collègues pour répartir leurs tâches sur des N – 1 qui n'en pouvaient déjà plus tellement ils étaient chargés à bloc. Sauf que, ces salariés-là, c'étaient mes collaborateurs ! Ils me faisaient confiance, et c'était réciproque. Le plan de Blanchard, ou plutôt celui qu'il devait exécuter, je le connaissais déjà, il allait leur faire miroiter une augmentation qui serait annulée à la dernière minute à cause d'une excuse bidon. Le pire, je l'avais lu entre les lignes du Powerpoint confidentiel que je n'étais pas censé recevoir. Tous mes gars qui se démenaient comme des forcenés parce qu'on leur avait fait croire qu'ils étaient indispensables, qu'ils étaient au top dans leur domaine de compétence, c'était l'externalisation qui les attendait ! Avec tout ce que cela sous-entendait. Découvrir ce plan à court terme – à six mois tout au plus –, ça m'avait démonté! À plus ou moins longue échéance, je me doutais que je serais moi aussi sur la sellette... Ce n'était qu'une question de temps. Cette idée me terrifiait, je préférais ne même pas l'envisager.

Blanchard avait fait une gaffe. Une grosse gaffe. En m'envoyant ce mail qui ne m'était pas destiné. Du coup, il était mal à l'aise, parce qu'il savait que je savais ce que je n'aurais pas dû savoir. Et moi, je l'étais encore plus. Je me retrouvais pris dans un piège malsain. J'aurais préféré ne rien savoir. J'avais l'impression de trahir mes gars, et ça, je ne pouvais pas le supporter! Et si Blanchard l'avait fait exprès?

Ce genre de management brutal n'aurait pas dû me surprendre depuis le temps que je frayais avec ces loups. Eh bien, non, je ne pouvais pas m'empêcher de penser qu'il y avait quand même des limites à ne pas franchir. Qu'est-ce qui clochait dans ces entreprises qui affichaient des valeurs dites « éthiques », « vertueuses » et tout le tralala, qui se déclaraient « socialement responsables », nous vendaient leur prétendue « transparence » et qui, dans les faits, avaient des manières de sombres salopards? Plus le temps passait, plus ce double discours managérial presque schizophrène me restait en travers de la gorge.

Ces pensées toxiques ne me lâchaient pas. La maison résonnait des cris de joie des enfants qui accueillaient leurs trois cousins, débarqués de Rambouillet pour la galette des Rois. De l'autre côté du salon, Mathieu discutait de tout et de rien avec sa mère, Denise, tandis qu'Inès, son épouse, avait rejoint Marie-Ange dans la cuisine. Entre le jazz en fond sonore et le bruit des couverts et de la vaisselle, je percevais quelques bribes de leur conversation, qui, semble-t-il, tournait autour de leur boulot de prof – Inès était elle aussi enseignante.

Nous sommes passés à table. Marie-Ange avait préparé un excellent repas. Tout le monde l'a félicitée, moi le premier. Elle m'a regardé bizarrement et a repris sa conversation avec tante Denise. À la fin du repas, ces dames se sont installées dans la véranda pour boire le café. Les enfants, eux, sont montés dans leurs chambres avec leurs cousins. Je suis resté seul au salon avec Mathieu. Il en a profité pour me dire qu'il avait besoin de récupérer plus vite que prévu la somme qu'il m'avait prêtée deux ans plus tôt. Je n'ai rien laissé paraître, voilà pourtant qui allait me poser un vrai problème, d'autant que les travaux de réparation du toit devaient commencer dès la première quinzaine de janvier. L'échafaudage était déjà en place. Non seulement ces travaux imprévus étaient indispensables, mais ils allaient me coûter une fortune !

— J'en ai besoin pour juin prochain, m'a précisé Mathieu.
— Je vois.
— Les travaux de ravalement de la maison démarrent au printemps. Je peux assurer l'acompte, pas le solde en revanche.
— Pas de souci, ai-je fait.
— Super !
— Tu auras l'argent plutôt fin juin, début juillet, ça t'ira ?
— Parfait. Je te remercie.
— Je t'en prie, c'est moi qui te remercie, ai-je conclu en lui tapotant l'épaule.

Bien sûr, j'ai gardé le sourire. Seulement, au fond de moi, je n'en menais pas large. Ça m'a filé un énorme coup de stress, sa demande de remboursement anticipé. Mon cœur battait à cent à l'heure. Le sort s'acharnait. À cet instant, j'aurais voulu m'enfuir à l'autre bout du monde. Seul. Sans personne. Pour qu'on me foute enfin la paix.

En revisualisant la scène, je me rends compte que j'ai passé mon existence à m'arranger avec la vérité, en tentant systématiquement de l'embellir ou de la camoufler. C'était plus fort que moi. En fait, je me suis enferré dans les mensonges. J'avais toujours eu beaucoup de chance et, dans mon esprit, il n'y avait aucune raison que cela change.

Denise

Je me rappelle le déjeuner de l'Épiphanie. J'avais passé un très agréable moment chez Pierre et Marie-Ange.

Retrouver mon petit monde, parler de tout et de rien, plaisanter, rire, boire et manger autour d'une belle table, cela m'avait mis du baume au cœur. Pendant quelques heures, je me suis évadée de mon quotidien, j'ai oublié ma solitude. Quand on est seul, on finit par tourner en rond. Il arrive un moment où l'on n'a plus envie de rien. À force de vieillir, tout fout le camp : l'énergie, le sommeil, l'appétit, la mémoire, quand ce n'est pas la tête. Sans compter qu'on n'y voit plus clair et qu'on devient dur d'oreille. Et on enterre ses amis les uns après les autres.

La vieillesse est un long naufrage. Quand je pense que certains magazines nous parlent de maturité, de sagesse. Il y en a même qui vont jusqu'à parler de sérénité ! Quand on sait comment ça se termine, il faut un sacré culot !

Ce que je sais, c'est que le temps est limité, tout ce que j'ai connu n'existe plus. Forcément, je me sens un peu perdue dans ce monde qui n'arrête pas de changer. La technologie partout, c'est devenu dingue, on ne peut plus rien faire sans Internet, sans ces « applis » ! Je m'en tiens à mon téléphone fixe, à mon papier à lettres et à mes enveloppes, un point c'est tout ! Ce n'est pas à mon âge que je vais me mettre à l'informatique. Et tout ce matériel est hors de prix !

Oui, cela m'avait fait très plaisir de les revoir. Marie-Ange avait tout organisé, c'était parfait. Quel cordon bleu ! Pierre avait vraiment de la chance. Lui, par contre, n'avait pas l'air dans son assiette. J'aurais mis ma main à couper que quelque chose ne tournait pas rond. Comme tout le monde, il avait sûrement des soucis à son travail. J'avais connu ça avec mon pauvre François. Lui aussi travaillait dur. Mais, bien entendu, ce n'était pas la même époque.

Inès et Mathieu étaient très en forme. Comme leurs enfants, d'ailleurs. De vraies piles électriques, ces garçons ! Avec la pluie, ils n'avaient pas pu aller jouer dans le jardin. On les entendait courir et chahuter au-dessus. Quelle équipe, ces six cousins !

J'avais passé un très bon moment, oui. En même temps, quand on ne parle pas de choses qui fâchent, tout va pour le mieux. Évidemment, on avait évité le sujet brûlant qui était dans toutes les têtes : Nicolas. Comment l'oublier ? Parti du jour au lendemain l'année dernière, la veille de Noël. Apparemment, c'était une histoire avec la baby-sitter qui avait tout déclenché. Si mes souvenirs sont exacts, c'était la petite Aurore qui s'occupait des enfants à ce moment-là, ensuite une certaine Chloé avait pris le relais. La version officielle de Pierre : Nicolas avait eu l'occasion de partir étudier aux États-Unis. En vérité, Pierre les avait surpris en train de batifoler et les avait mis dehors ! Il avait agi sous le coup de la colère. C'était la baby-sitter qu'il fallait virer, pas Nicolas ! Pierre n'était pourtant pas le dernier à avoir eu des aventures. À croire qu'il avait oublié ses frasques de jeunesse ! Il y avait forcément autre chose.

J'avoue avoir eu du mal à comprendre sa réaction. Bien sûr, il avait fait comme si de rien n'était. Parfois, je me demandais comment Marie-Ange pouvait supporter cette situation. D'ailleurs, sa contrariété était visible, même si elle s'efforçait de donner le change. Je ne sais pas si elle avait des nouvelles de Nicolas, je n'avais pas osé lui poser la question. C'était tellement délicat... Si elle avait voulu en parler, elle l'aurait fait, non ?

Bien sûr, il m'arrivait de croiser Antoine et Augustin dans le quartier. J'essayais d'avoir des nouvelles auprès d'eux, mais ils n'avaient pas l'air d'en avoir. Mais m'auraient-ils mise dans la confidence dans le cas inverse ? Ce n'est pas sûr. Tel que je connaissais Pierre, il avait dû leur interdire d'en parler. La dernière fois que j'avais évoqué le sujet avec eux, ils avaient écourté la conversation. À peine avais-je prononcé le nom de Nicolas que l'expression de leur visage et le ton de leur voix avaient changé. Ils avaient filé aussi sec. Cette omerta était tout de même incroyable !

Laurie

Ce matin-là, je suis arrivée en retard à mon rendez-vous chez Feyraud à cause d'une grève des transports. Quand il m'a vue arriver tout essoufflée, il m'a rassurée et m'a dit de reprendre tranquillement mes esprits.

Il a d'abord voulu faire un point sur mon état général et ma prise de médicaments. Je lui ai confié que les séances me réconfortaient beaucoup. Parler et raconter ce qui s'était passé l'année précédente, ça me libérait d'un gros poids. Il m'a invitée d'un sourire à reprendre le cours de mon récit.

J'étais repartie de Rouen le dernier jour des vacances, début janvier. Comme je voulais en profiter jusqu'au bout, j'avais pris un train pour Paris en fin de journée. Je suis arrivée à Versailles un peu après 22 heures. Il faisait super froid et y avait un vent de dingue qui faisait voler les décorations de Noël encore allumées. Y avait pas un chat dans les rues. Tout à coup, j'ai senti mon téléphone vibrer contre moi. Le temps que je le tire de ma poche, ça avait coupé. C'était Mélissa. J'ai écouté ma messagerie. Rien. Je lui avais pourtant expliqué avant de partir qu'y avait rien de plus agaçant que les gens qui raccrochent sans laisser de message. Visiblement, elle avait pas capté.

Je l'ai rappelée. Rien qu'au son de sa voix, j'ai su qu'y avait un truc qui tournait pas rond. Est-ce qu'elle flippait de se retrouver seule ou est-ce qu'elle crevait déjà d'ennui ? Au bout de quelques minutes, elle a fini par me dire que le mec de maman avait rappliqué juste après mon départ. Même s'il fallait pas se fier aux apparences, elle trouvait qu'il avait une sale gueule, quelque chose la dérangeait dans son regard. Il s'était directement vautré sur le canapé et avait mis ses pieds sur la table basse avec un apéro à la main. « Maman, elle se rend compte de rien ? » je lui ai demandé. « Une vraie chatte en chaleur », elle m'a répondu. Décidément, notre mère n'était plus la même depuis quelque temps.

J'étais embêtée de savoir Mélissa seule dans cette situation. Je savais pas trop quoi lui dire à part d'éviter ce type le plus possible et de me tenir au courant. J'ai raccroché en lui souhaitant bon courage. Arrivée devant le portail des Jarnac, j'ai vu la lumière allumée dans les chambres du premier étage. Ils allaient pas tarder à se coucher étant donné que l'école recommençait le lendemain. Juste au moment où j'ai ouvert la grille, la lumière s'est éteinte dans la chambre de Polo, puis tout de suite après dans celle d'Antoine et d'Augustin. Pour finir, dans celle des parents. J'ai relevé la tête, espérant que la lumière de la lune m'éclairerait un peu. Y avait rien à attendre de ce côté-là. Le ciel était complètement voilé. Au bout d'un moment, mes yeux se sont habitués à l'obscurité, et j'ai découvert qu'un échafaudage avait été installé sur l'aile gauche.

Après avoir ouvert la porte d'accès au rez-de-jardin, je me suis retrouvée face à deux yeux jaunes qui me mataient dans le noir. Whisky faisait sa balade nocturne. Il s'est mis à miauler, et la lumière du couloir s'est aussitôt allumée. Le père a surgi. Il remontait de la cave. Il a eu l'air surpris de me trouver là. Sur le ton de la plaisanterie, il a accusé Whisky de traîner dans ses pieds. Il s'est empressé de changer de sujet et m'a demandé comment s'étaient passées mes vacances. Sans me laisser le temps de répondre, il m'a dit que Polo allait être content de me retrouver, et il s'est barré en me souhaitant bonne nuit. S'il y a bien une chose que les alcooliques peuvent pas cacher, c'est l'odeur. Et il suffisait de le regarder : ses yeux vitreux, son teint de papier mâché, ses cernes parlaient pas franchement en sa faveur.

En entrant dans le studio, j'ai été saisie par le froid. Le chauffage avait pas été remis en route. Tout ce que je voulais, c'était défaire ma valise, ranger mes affaires et me coucher, mais quelque chose m'en empêchait. J'arrivais pas à bouger, à reprendre mon souffle. Je suis restée plantée un bon moment au milieu de la pièce, à pas savoir quoi faire. J'étais contrariée par ce que m'avait dit Mélissa. Ça tournait dans ma tête. À un moment donné, j'ai eu l'impression que j'étais pas seule... J'avais pas entendu le père remonter l'escalier, il devait être dans le couloir ! J'ai pas pu m'empêcher de l'imaginer l'oreille collée derrière ma porte, en train de m'espionner. Soudain, j'ai entendu sa respiration bruyante. Je m'étais pas trompée. Il était bien là !

J'ai déposé mon sac et ma valise au pied du lit, j'ai rallumé le chauffage et me suis précipitée dans la salle de bains pour prendre une douche en attendant qu'il déguerpisse. J'ai laissé couler l'eau brûlante sur mon corps. Cette chaleur sur ma peau, ça m'a fait un bien fou. Dix minutes plus tard, j'ai coupé le robinet. Y avait de la buée partout, on se serait cru dans un hammam !

J'ai enroulé mes cheveux dans une serviette et enfilé un peignoir. En sortant de la salle de bains, j'ai été saisie par le froid de la pièce sur mes joues brûlantes. Sur la pointe des pieds, je me suis approchée de la porte d'entrée. J'ai tendu l'oreille. Tout était calme. J'allais faire demi-tour quand j'ai entendu un énorme ronflement. À tous les coups, il s'était endormi sur une marche de l'escalier ! Ça m'a gonflée grave ! Pas question qu'il reste là toute la nuit ! Alors, j'ai fait un boucan d'enfer : j'ai allumé la radio à fond, je me suis mise à chanter fort, à siffler, j'ai claqué la porte de la salle de bains, j'ai tambouriné dans le mur. Quelques minutes plus tard, les ronflements se sont arrêtés net et j'ai entendu son pas lourd dans l'escalier.

Le lendemain matin, il a soigneusement évité mon regard.

Marie-Ange

La vie des hommes est terriblement limitée... et si fragile! Limitée par le corps, l'esprit, le temps dont ils croient disposer, l'espace qui les entoure, par tout ce qui les empêche d'avancer dans l'existence. Fragile, parce qu'un rien les entrave. J'en ai fait l'expérience avec cette première semaine de janvier.

De retour au lycée. Un froid de canard. Les embouteillages. Le chahut des élèves, la perspective du bac et de mon concours.

Dans la voiture, j'écoutais d'une oreille plus ou moins attentive la voix de la journaliste débitant sans transition les titres à la une du jour: réforme des retraites, incendies dévastateurs en Australie. J'ai jeté un œil à ma montre. J'étais encore dans les temps: presque à l'heure, pas encore en retard. J'ai tenté d'accélérer. La limitation de vitesse et la synchronisation des feux aidant, je n'ai pas vraiment pu avancer comme je l'aurais voulu; si j'avais gagné deux cents mètres, c'était bien le maximum.

En arrivant sur le parking du lycée, j'ai remarqué la silhouette d'un élève. Un grand échalas en jean-baskets-blouson, sac à dos, capuche sombre qui lui recouvrait la moitié de la figure. Qu'est-ce qu'il faisait ici? Cet endroit était strictement réservé aux enseignants et à la direction. En fermant ma portière, j'ai senti une présence dans mon dos. Je me suis retournée: son corps dégingandé se dressait face à moi. J'ai sursauté. Il a dû le remarquer.

— Bonjour, madame de Jarnac!

— Bonjour...
— Vous ne me reconnaissez pas ?
— Euh...
— Ça va mieux, comme ça ? a-t-il fait en faisant tomber sa capuche sur ses épaules.
— Ah, Aurélien, bien sûr. Avec ta capuche, j'avoue, je ne te remettais pas.
— Vous allez bien ?
— Oui ! Mais qu'est-ce que tu fais ici ?
— Je n'en ai pas pour longtemps.
— Ça tombe vraiment mal, je suis déjà en retard pour mon premier cours.
— C'est à propos de Nico.
— Ah... d'accord, ai-je fait en sentant mon cœur s'affoler. Écoute, tu aurais un peu de temps entre midi et deux ?
— Oui, ça devrait le faire.
— Parloir A dans le bâtiment Lavoisier, à 13 h 30, ça te va ?
— Ok, pas de souci, j'y serai.
— À tout à l'heure, lui ai-je lancé en me dirigeant vers le bâtiment principal, où m'attendaient mes élèves de terminale.

Juste avant d'entrer dans le hall, je n'ai pas pu m'empêcher de me retourner pour le voir s'éloigner et se fondre dans la foule des élèves. Aurélien, le meilleur ami de Nicolas. Lui, désormais en classe prépa, orphelin de son ami. Et moi, une orpheline d'un autre genre.

En montant l'escalier menant à l'étage des sciences, un étrange frisson m'a parcouru l'échine. Je me suis mise à trembler. Une sorte de malaise. À l'approche de ma salle de classe, j'ai entendu le bavardage habituel des élèves ponctué de cris et d'éclats de rire. Un bourdonnement intense m'a vrillé les oreilles. Au moment de pousser la porte, la lumière blanche des plafonniers, comme une fulgurance, m'a agressé les pupilles. C'est la dernière image dont je me souviens. Ensuite, rideau.

Je n'ai jamais su ce qu'Aurélien voulait me dire à propos de Nico. Le seul fait d'avoir entendu quelqu'un prononcer son nom a suffi à me perturber. Même si je ne peux l'expliquer, j'ai l'intime conviction que cet événement, si anodin soit-il, est responsable du dérèglement interne qui a provoqué mon évanouissement.

Pierre

Cette journée de rentrée, début janvier, est restée gravée dans ma mémoire. Réunion d'équipe à la première heure. À peine venions-nous de nous installer en salle que mon portable a vibré dans la poche de ma veste. Ce n'était vraiment pas le moment. Je n'ai pas décroché. Blanchard a commencé son speech habituel de bienvenue, adressant au passage ses vœux de bonne année. En me passant le micro pour la présentation des résultats et des objectifs de mon secteur d'activité, il a ostensiblement évité mon regard. Pendant une demi-heure, j'ai fait défiler mes *slides*, soulignant nos réussites, nos points forts, mettant en exergue nos avancées, félicitant mes gars pour leur engagement sans faille et leur travail acharné. Après les questions et explications d'usage, Blanchard a repris le flambeau. Il s'est contenté d'évoquer de manière très vague la future réorganisation, passant sous silence les suppressions de postes, les externalisations à venir. Il a très vite enchaîné sur la stratégie du groupe pour les cinq prochaines années, expliquant les défis qui nous attendaient en matière de normes anti-hameçonnage et de protections des données, surtout celles des clients. J'écoutais d'une oreille. Discrètement, j'ai jeté un œil sur l'appel en absence. Le numéro du lycée. Bizarre. Au moment de la pause, j'en ai profité pour m'éclipser et écouter le message.

C'était le proviseur. Le ton de sa voix m'a inquiété. Le message, quant à lui, m'a carrément mis la pression. Marie-Ange venait d'être embarquée aux urgences suite à un malaise avec perte de connaissance.

Quelques minutes plus tard, je partais en direction de l'hôpital. Je me suis présenté à l'accueil des urgences. Une infirmière m'a confirmé l'arrivée de Marie-Ange en début de matinée. Elle m'a orienté vers la salle d'attente. Et là, l'angoisse a commencé à monter. Je regardais ma montre toutes les deux minutes. Sauf qu'entre ces murs le temps prend tout son temps et s'étire comme un chat paresseux qui dicte sa loi. Ici, les urgences sont de vraies urgences, elles peuvent être carrément vitales.

Dans ce genre de lieu, on se met à réfléchir à plein de choses. On ne sait rien sur sa carcasse, en fin de compte. On peut facilement gamberger ; à part rester humble et s'en remettre à ceux qui savent, il n'y a pas grand-chose à faire. Et même les soi-disant sachants, qui étudient le corps humain pendant dix ans, n'ont pas toutes les réponses... J'avais beau le savoir, j'avais beau me raisonner, je sentais la pression monter. Une boule dans ma gorge. J'imaginais les pires scénarios : AVC, arrêt cardiaque...

Au fond de moi, je savais que nous ne formions plus qu'un couple de façade, mais nous étions dans le même bateau ; il restait sans doute entre nous quelque chose qui s'apparentait à une sorte de complicité, nourrie par une affection ancienne consumée par la vie et usée par le temps. Alors, j'avoue que j'étais inquiet... Je tenais difficilement en place. Je me levais, faisais les cent pas, me rasseyais. Je faisais défiler mes mails sur mon téléphone portable, passais d'un site d'info à un autre. Mais je lisais sans lire. Je patientais comme je pouvais.

En début d'après-midi, la porte du bureau des consultations s'est enfin ouverte. Un grand type en est sorti avec un couple qu'il a raccompagné vers la sortie. Quelques instants plus tard, il a réapparu à l'autre bout du couloir. Le regard doux, surmonté d'une épaisse chevelure frisée et grisonnante, il m'a semblé sympathique. Il s'est dirigé vers moi avec un sourire rassurant et m'a fait signe de le suivre.

Vu ma tête déconfite et ma nervosité, il a dû me prendre pour un rigolo. Il m'a accueilli chaleureusement et a pris soin de me brosser un tableau optimiste de l'état de santé général de Marie-Ange. Il a pris tout son temps pour commenter ses analyses sanguines, correctes selon lui, mis à part une carence en fer et en magnésium qui pouvait être à l'origine de l'incident de ce matin. Elle devait simplement poursuivre son traitement, un antidépresseur, et tout rentrerait dans l'ordre. Pas d'inquiétude de ce côté-là, donc. Il s'est interrompu brièvement et m'a regardé droit dans les yeux.

— En revanche, votre femme a fait une mauvaise chute. Elle s'est fracturé l'épaule droite. Il va falloir opérer.

Je n'ai pas su quoi répondre.

— Nous avons beaucoup de retard. L'intervention sera pratiquée d'ici quelques heures. Elle va bien, on lui a donné des anti-douleurs.

— Ah...

— Ne vous en faites pas. Tout ira bien.

— Ah...

— Je dois également vous informer qu'à l'issue de l'opération elle devra porter une attelle pendant six semaines, et rester au repos bien sûr. Vous pouvez aller la voir si vous voulez.

— Ah... Euh... Non, je dois aller chercher l'un de mes fils.

— On vous tient au courant.

Je suis sorti de là contrarié. À peine rentré, je me suis servi deux whiskys purs. J'ai fini ma soirée affalé sur le canapé. Vu mon état, c'était encore la meilleure chose à faire.

Ce jour-là, j'avais le meilleur des prétextes pour m'évader dans les brumes de l'alcool. L'accident de Marie-Ange était un souci de plus. Ceux qui boivent le savent, la force d'attraction de la boisson est irrésistible : ouvrir une bouteille de scotch ou de whisky, se verser un verre, s'enfoncer dans un fauteuil et laisser peu à peu couler le liquide dans sa gorge, goûter à sa brûlure abrasive, s'extraire du réel et, enfin, s'évaporer doucement : c'est une telle libération, un moment d'extase.

Une extase à l'origine de mon malheur.

Marie-Ange

D'ici, je revisite les événements non pas avec indifférence, mais avec une sorte de détachement. En ce lieu étrange, pas de souffrance, pas de crainte. Rien d'autre que le calme. La paix. La douceur. Je me souviens pourtant de la douleur qui me transperçait à ce moment précis.

Je me suis réveillée dans le camion de pompiers. De jeunes types sympas aux carrures d'athlètes et aux sourires rassurants m'ont réconfortée et informée que j'avais perdu connaissance au lycée. Ils m'emmenaient à l'hôpital tout proche. Ils m'ont débarquée aux urgences où j'ai traîné sur un brancard pendant près de deux heures avant d'être prise en charge. Cela m'a semblé interminable, parce que mon épaule droite, contusionnée, m'élançait horriblement. Après les examens et un questionnaire approfondi mené par une frêle jeune femme en blouse blanche, le verdict est tombé : rupture des tendons de l'épaule. On m'a parlé d'une opération de réparation de la coiffe des rotateurs pratiquée sous arthroscopie, autrement dit avec l'aide d'une caméra vidéo, une intervention courante sans difficulté particulière.

Mon angoisse s'est métamorphosée en une profonde hébétude, sans doute sous l'effet des antalgiques et des anesthésiants en vue de l'opération. En fait, j'y ai trouvé un réconfort bienvenu. Cette sédation me faisait flotter au-dessus des choses et des êtres... Il me suffisait de fermer les yeux pour m'évaporer de la brutalité du monde et plonger dans la douceur enveloppante de songes peuplés de figures caressantes. C'était planant, presque grisant...

Une heure plus tard, on m'a transférée en salle d'opération. L'intervention a été menée tambour battant par une équipe jeune et décontractée. Avant que l'anesthésie ne fasse pleinement effet, j'ai perçu les bruits métalliques des outils chirurgicaux maniés par le chirurgien et ses assistants, ainsi que leurs voix – il me semble qu'ils parlaient de leurs prochaines vacances au ski. Une fois revenue dans ma chambre, on m'a fait prendre des cachets et on m'a apporté une légère collation.

Juste avant l'extinction des feux, une jeune femme m'a informée que mon époux était passé. Le chef de service l'avait mis au courant de l'opération, il viendrait me chercher le lendemain matin. Je lui ai envoyé un SMS pour le rassurer. Aucune réponse. Je savais ce que cela signifiait, hélas. J'étais épuisée mais ne trouvais pas le sommeil. J'alternais entre plages de veille et somnolence vaseuse.

La nuit d'hôpital a été ponctuée de sonneries stridentes, de bips en tous genres, d'ouvertures et de fermetures de portes, de roulements de chariots, de bruits de pas dans le couloir, d'éclats de voix du personnel soignant.

Le lendemain matin, Pierre est arrivé très tôt, les cheveux en bataille, mal rasé, les traits tirés de celui qui a passé une mauvaise nuit. Il avait l'air impatient et a murmuré qu'il avait un rendez-vous urgent au bureau. On a pourtant dû attendre que j'aie mes ordonnances et les dernières recommandations du médecin avant de quitter le service. La perspective d'être immobilisée pendant près de six semaines me donnait le vertige, mais je n'avais pas d'autre choix que d'accepter ce repos forcé.

Dans la voiture, alors que nous étions sur la route de la maison, Pierre m'a posé une seule question sur les circonstances de mon accident. Je me suis contentée d'une réponse laconique : « Un accident, c'est toujours bête. » Il a soupiré en regardant la route.

À cet instant-là, j'ai pu mesurer l'étendue de ma solitude et le fossé qui me séparait de lui. Quelques années plus tôt, lorsque nous avions perdu Pauline, nous avions affronté ce drame ensemble ; je m'étais entièrement reposée sur lui, nous étions alors comme les deux doigts de la main, soudés. Lors de mes fausses couches, il avait toujours été là, m'avait soutenue, remonté le moral. Je savais que je pouvais compter sur lui. Désormais, c'était complètement différent. L'œuvre du temps ?

Laurie

Je revois encore Feyraud relever la tête de ses notes et jouer avec le capuchon de son stylo. Et puis, il m'a sorti comme ça : « Vous faites le tableau d'une ambiance bizarre dans cette famille, mais vous ne parlez pas beaucoup des deux aînés. Comment les décririez-vous ? Comment se comportaient-ils avec vous, en général ? »

C'était dur de répondre à ces questions. Pour moi, et c'est ce que je lui ai dit, Antoine et Augustin avaient pas l'air heureux, ils devaient certainement morfler à cause de leur père. En plus d'être alcoolique, il était dur et autoritaire. Jamais un mot gentil, toujours des ordres. Fallait que ça file droit. Je les ai jamais entendus se plaindre. Ils étaient trop bien élevés pour ça. C'est le genre de famille où on dit rien, où on fait surtout pas de vagues. Même quand on va mal, on fait semblant d'aller bien, on encaisse sans rien dire. C'est arrivé plusieurs fois. J'ai bien vu qu'ils étaient mal, mais ils se taisaient. C'est sûrement pas à moi qu'ils se seraient confiés, de toute façon. J'étais une étrangère pour eux, ils ont toujours gardé leurs distances avec moi, c'était très net. J'avais même l'impression qu'ils faisaient tout pour m'éviter. Je sais pas pourquoi. Avec Polo, c'était un peu pareil, ils étaient pas franchement proches, peut-être à cause de la différence d'âge. Et puis, ils travaillaient beaucoup. Ce qui est sûr, c'est qu'ils étaient comme les deux doigts de la main, toujours fourrés ensemble.

Feyraud continuait à prendre des notes. Il m'a demandé si d'autres détails, d'autres événements avaient retenu mon attention. Je lui ai dit que tout ça me faisait repenser à la période où la mère, Marie-Ange, était en arrêt maladie. Y avait eu une histoire avec un type... « Un type ? » il a fait, en me regardant d'un air étonné.

Oui, je lui ai dit. Plus d'une fois, j'avais vu un type rôder autour de la maison. Dans le quartier aussi. Souvent aux mêmes heures, assez tôt le matin et en fin d'après-midi. On aurait dit qu'il attendait quelqu'un ou, plutôt, qu'il surveillait quelque chose. Je sais pas pourquoi, mais y avait un truc qui faisait qu'il attirait le regard. Sûrement sa stature de géant. Parce qu'il était grand, vraiment très grand. Peut-être aussi sa petite tronche sympa, ses cheveux blonds qui dépassaient de son bonnet de marin visiblement trop petit pour lui. Il faisait genre oiseau blessé qu'on a envie de sauver. Et puis il était plutôt beau gosse. J'avoue, il m'a intriguée. À chaque fois que je l'apercevais dans les parages, je ralentissais le pas et le matais du coin de l'œil.

Une fois, je l'ai vu entrer dans un café de la place du marché, il a salué tout un tas de jeunes et, aussitôt, y a eu un attroupement autour de lui. Un matin que je venais de laisser Polo à l'école, j'ai eu l'impression d'être suivie. Je me suis retournée. C'était lui. Il marchait à même pas vingt mètres derrière moi. J'ai changé de trottoir. Lui aussi. J'ai accéléré le pas. Lui aussi. J'ai cru qu'il allait me rattraper. J'ai couru jusqu'à la maison, et il a disparu à l'angle de la rue. Ça m'a un peu perturbée.

C'est pendant cette période que l'ambiance s'est dégradée entre les parents. La mère s'était cassé l'épaule droite. Comme elle était droitière, ça a pas simplifié les choses... Seulement, entre son mari qui picolait dès qu'elle avait le dos tourné et elle qui pouvait plus rien faire de ses dix doigts, ça commençait à devenir chaud pour moi. J'avais la mère sur le dos une grande partie de la journée. Adieu la tranquillité !

J'étais déjà pas mal sollicitée mais, là, je suis carrément devenue la bonne à tout faire, parce que, mine de rien, une personne de plus le midi, ça chamboulait toute mon organisation. En plus, elle voulait des menus équilibrés, diététiques, du genre poisson maigre avec légumes cuits à la vapeur, alors que Polo et moi, on se contentait habituellement de plats simples et faciles à préparer. Résultat : ça me faisait plus de boulot pour pas un rond de plus. Je l'avais mauvaise. Côté budget, c'était déjà pas la fête, je peux dire que, côté frustration, j'étais servie. Moi, tout ce que je voulais, c'était me trouver un manteau plus chaud. Mon blouson d'aviateur commençait sérieusement à fatiguer avec ses poches décousues et sa doublure déchirée. En attendant les soldes d'hiver, j'avais repéré quelques modèles dans les boutiques du centre-ville où je traînais mes guêtres quand j'avais un moment. Le souci, c'est que, même soldés, ils étaient encore trop chers. Total, j'ai dû garder mon vieux blouson.

J'avais parfois des baisses de moral. Quand j'appelais Mélissa le soir, c'était la soupe à la grimace, notre mère continuait à faire ses conneries avec son mec. Visiblement, il débarquait pour se faire servir à bouffer, et surtout pour le reste... Mélissa se sentait de trop, même carrément exclue. J'avais beau lui dire que ça durerait pas, elle me disait que ça la démotivait. Moi, ça me foutait les boules.

La plupart du temps, Polo me redonnait le sourire. Avec sa bonne humeur, ses petits jeux de mots cool. Quand on était ensemble, on faisait des puzzles, on jouait à ses jeux de construction et avec ses figurines Lego qu'il avait eues à Noël, ça l'amusait beaucoup.

Un matin, j'étais en train d'éplucher des patates pour le repas du midi quand j'ai entendu la sonnerie d'un portable. Je me suis retournée. J'ai vu un appareil posé sur la table. C'était celui de la mère, je l'ai reconnu à sa coque rose. Je l'ai attrapé et j'ai regardé le nom qui s'affichait à l'écran : « Nicolas. » À côté du prénom, y avait un cœur rouge et la photo d'un jeune avec des yeux bleus, des cheveux blonds très courts et un grand sourire. J'ai failli décrocher, mais je me suis dit qu'il valait mieux pas. Je suis allée la trouver au salon et lui ai dit qu'elle avait reçu un appel. Et je lui ai tendu son téléphone. Elle m'a remerciée en me souriant. Alors, en baissant la voix, je lui ai dit d'un air complice que c'était Nicolas.

Elle m'a regardée de travers, comme si j'avais dit une connerie. Elle a rougi et baissé les yeux. Je suis retournée à mes patates dans la cuisine. Je l'ai vue se lever et se tirer dans la véranda en fermant la porte vitrée derrière elle. Elle a commencé à discuter au téléphone en faisant les cent pas. Je la voyais s'agiter, elle avait l'air contrariée. Tout à coup, le ton est monté, puis la conversation s'est arrêtée net. Quand elle est ressortie, elle avait les yeux rouges.

Une autre fois, en rentrant des courses, j'ai encore aperçu ce grand type à un arrêt de bus avec son petit bonnet à rayures et son caban bleu marine. Il était au téléphone. Il avait l'air très énervé.

Le jour où je l'ai vu entrer dans le café de la gare suivi par… Mme de Jarnac, alors, là, j'en suis pas revenue. Ils ont passé un long moment à discuter. Le type lui prenait la main et l'embrassait. On voyait qu'elle était heureuse. Elle arrêtait pas de sourire, elle était complètement différente, transformée, on aurait dit une autre personne. En tout cas, c'était pas son attelle qui l'empêchait de lui caresser la joue. Y avait une complicité évidente entre eux. Une sorte de tendresse. Une demi-heure plus tard, ils sont sortis du café. Le type a serré Mme de Jarnac dans ses bras. Assez longtemps. Ensuite, il est parti de son côté. Elle est restée sur le trottoir, elle avait l'air ailleurs, les yeux dans le vague. J'ai fait demi-tour et je me suis tirée.

Feyraud m'a demandé quelle avait été mon impression en voyant Mme de Jarnac avec cet homme dans un café. C'était difficile à dire. C'est sûr, j'étais étonnée. Mais bon, je me disais que ça me regardait pas et qu'elle faisait ce qu'elle voulait de sa vie.

Denise

Je n'en ai pas cru mes oreilles, ce soir-là, en entendant sa voix à l'autre bout du fil. Quel choc! J'étais tellement heureuse que je bégayais de bonheur.
— Ah! Nicolas... mon petit Nico, c'est toi? Mais... où es-tu?
— À Versailles.
— Ah! Mon Dieu! Tu es re... revenu?
— Ce n'est pas si simple...
— Ah...
— Est-ce que je peux passer te voir?
— Là, maintenant?
— Oui, c'est possible?
— Bien sûr.
— J'arrive dans dix minutes.
— Je t'attends.
— À tout de suite!
— Oui... oui... à tout de suite, ai-je répété, abasourdie.

À peine avais-je raccroché le combiné que j'avais senti mon cœur s'emballer. Je me suis assise dans le fauteuil de l'entrée à côté du téléphone. Je tremblais comme une jeune fille. Mes pensées s'emmêlaient. J'ai essayé de remettre de l'ordre dans mes idées et de me remémorer la chronologie de toute cette histoire. Voyons, nous étions en février, Mardi gras approchait. Depuis combien de temps était-il parti? depuis combien de temps étions-nous sans nouvelles? Plus d'un an.

Quelques minutes plus tard, la sonnette a retenti. Je me suis précipitée pour ouvrir. Il a apparu dans l'embrasure de la porte, je l'ai trouvé changé, encore plus impressionnant qu'auparavant. Comment dire... il y avait quelque chose de majestueux en lui. Étaient-ce ses larges épaules, sa taille immense, son port de tête qui lui donnaient cet air décidé et fonceur ? Peut-être. Et puis, il n'était pas rasé, c'était la mode. En tout cas, cette barbe le faisait ressembler à un vieux loup de mer. Il portait un caban sombre et un bonnet de marin d'où s'échappaient quelques mèches blondes. Ça m'avait fait tout drôle. C'était un enfant qui était parti, c'était un homme qui revenait ! Il m'a serrée dans ses bras avec une telle force que j'en tremble encore.

— Ah ! Mon petit Nicolas, entre donc ! lui ai-je lancé en ouvrant la porte du salon. Mets-toi à l'aise, assieds-toi, je t'en prie !

— Merci..., a-t-il dit en s'asseyant sur le canapé à côté de moi.

— Laisse-moi te regarder ! Comme tu es beau !

— Vraiment ?

— Oui !

— Ah, Denise, je suis tellement heureux de te revoir !

— Et moi donc... Tout ce temps sans avoir de tes nouvelles. Ça n'a pas été simple, tu sais ?

— Oui, je me doute. Je suis désolé.

— On s'est fait tellement de soucis, on se demandait où tu étais passé.

Nicolas semblait troublé. Son regard se portait partout. J'avais posé ma main sur la sienne.

— Au début, ça n'a pas été facile pour moi non plus, m'a-t-il avoué. J'ai galéré. Maintenant, ça va mieux. J'ai d'abord habité à La Baule pendant six mois. Après, je suis parti à La Rochelle, j'ai fait des petits boulots par-ci, par-là, j'ai travaillé dans un fast-food, dans une jardinerie. Depuis deux mois, je suis magasinier dans une épicerie bio.

— Ah...

— Mais je réalise mon rêve !

— Comment ça ?

— J'ai commencé les cours de théâtre ! J'ai rencontré un metteur en scène qui m'a pris dans son école à La Rochelle. Je participe à des ateliers d'improvisation.
— C'est formidable ! Finalement, tu es heureux, non ?
— Si, enfin... Pas complètement.
— Comment ça ?
— C'est dur d'être seul. Enfin, tu vois ce que je veux dire...
— Bien sûr. Tu peux imaginer sans peine que...
— Je sais.
— Je ne vais pas te faire la morale, ce n'est pas mon rôle.
— Tu les vois de temps en temps ?
— Cela m'arrive de les croiser dans la rue. Et puis, je les ai vus à l'Épiphanie...

J'ai cru voir ses lèvres trembler et ses yeux se voiler. J'ai préféré m'arrêter là. J'ai serré sa main. J'ai vu une larme rouler sur sa joue, et il s'est effondré dans mes bras. C'était un enfant que je serrais sur mon cœur. Nous avons gardé le silence un long moment.

— Mais j'y pense... Tu as faim ? lui ai-je demandé pour changer de sujet.
— Tu as un peu de pain et de fromage ?
— Viens à la cuisine, ai-je dit en me relevant.

Il s'est assis devant une assiette de jambon et de fromage et a avalé son repas avec un appétit d'ogre.

— Tu es là pour combien de temps ? ai-je demandé.
— Je ne sais pas. C'est un copain qui m'a hébergé ces derniers temps... Mais là, maintenant, je ne sais pas trop comment...
— Tu peux rester ici le temps que tu voudras.
— C'est vrai ?
— Bien sûr.
— Je ne veux pas te déranger.
— Voyons !
— Super ! Surtout, tu ne dis rien à personne. Promis ?

— Compte sur moi.
— Merci, Denise, tu assures !
— Finis de manger tranquillement. Je vais te préparer un bon lit, je reviens.
— Non, non, je vais t'aider, a-t-il protesté en se levant et en m'emboîtant le pas.

Ensemble, nous avons mis un peu d'ordre dans la chambre d'amis et préparé son lit. Une heure plus tard, nous étions couchés. Cette nuit-là, contrairement à d'habitude, j'ai dormi comme une masse.

Il est resté ici un peu plus d'une semaine. Je lui avais laissé un double de clés pour qu'il puisse aller et venir à sa guise. Il partait tôt le matin et revenait tard le soir. Je m'étais bien gardée de lui demander ce qu'il faisait de ses journées. Un matin, j'ai trouvé les clés avec un mot sur la table de la cuisine : « Merci pour tout, Denise ! Je t'appelle bientôt. Bisou ! Nicolas. » À côté de son prénom, il avait dessiné trois petits cœurs. J'aurais voulu l'embrasser avant son départ. Les jeunes, c'est comme ça. Ce qui est sûr, c'est que c'était un garçon adorable, un grand sensible. Et tendre avec ça !

Pierre

C'est si facile ! On trouve tout ce qu'on veut sur Internet. Des crédits, des rachats en veux-tu, en voilà ! Des bitcoins comme s'il en pleuvait ! Les offres et les organismes de prêt rivalisent d'imagination pour vous attirer dans les filets gluants de l'argent facile. Arpenter les annonces du web ressemble à une étrange déambulation dans un pays de cocagne – la vie, sur le Net, elle devient vite rose, elle ressemble à s'y méprendre à la grotte d'Ali Baba sans les quarante voleurs.

Il n'y a qu'à se servir, la seule difficulté est peut-être de faire son choix tant celui-ci est vaste. Il suffit de compléter une dizaine de cases – nom, prénom, date et lieu de naissance, adresse, coordonnées téléphoniques et bancaires – et le tour est joué ! J'oubliais, il faut bien sûr inscrire le montant désiré ! Quant à la vérification des capacités financières, c'est une simple formalité : une case à cocher vous rappelle qu'un crédit vous engage et doit être remboursé, bla-bla-bla... Un rêve éveillé pour les flambeurs et autres consommateurs effrénés en manque chronique de liquidités. L'argent sonnant et trébuchant arrive quelques jours plus tard sur votre compte bancaire, soudain regonflé comme sous l'effet d'une levure chimique – chimérique, devrais-je dire.

J'ai succombé à cette chanson douce. J'y ai vu la solution pour le financement des travaux de réparation du toit. J'en ai même profité pour emprunter le montant que je devais rendre à Mathieu sous six mois, montant déjà presque entièrement consommé en matériel informatique et autres dépenses en tous genres... Deux emprunts dont la somme frôlait les six chiffres et qui s'additionnaient à notre crédit immobilier principal. C'était risqué, très risqué, mais... *no risk, no fun !*

Évidemment, je n'allais pas me vanter de mes combines auprès de Marie-Ange. Chez nous, la gestion de l'argent se faisait à l'ancienne : j'y trouvais mon compte, si je puis dire, et jouissais d'une totale liberté de manœuvre. Marie-Ange me faisait entièrement confiance. À ses yeux, une femme ne doit pas avoir à gérer les comptes. « La féminité, c'est le don », disait-elle. C'est vrai qu'elle avait toujours donné de sa personne, en tant que mère, épouse et enseignante. Cette conception pouvait sembler rétrograde (et assez paradoxale pour une prof de maths), mais je m'en accommodais fort bien ! Mettre la question de l'argent sur la table la gênait, voire l'irritait. Cela allait à l'encontre de son éducation.

Dès le début, j'avais donc assuré la gestion financière de notre ménage. Je jonglais depuis des années avec les rentrées et, surtout, les sorties d'argent ; jusqu'à présent, mes petits arrangements avaient fonctionné à merveille. Désormais, j'appréhendais de consulter les relevés de banque. Pourtant, à force de colmater les brèches financières à tout bout de champ, de cajoler notre conseiller bancaire mort de trouille à l'idée de ne pas revoir l'ombre d'un solde positif sur nos comptes, j'en arrivais parfois à m'essouffler, à douter de moi-même. J'avais l'étrange impression d'être aussi fragile qu'à vingt-cinq ans, quand je démarrais dans la vie sans un sou en poche.

Je venais d'achever ma transaction salvatrice quand Marie-Ange a surgi devant moi. Elle m'a rappelé que nous étions dimanche soir, que Laurie était en congé et qu'elle-même était dans l'incapacité physique de préparer le dîner. J'avais presque oublié qu'elle était momentanément handicapée. Sans doute parce qu'elle savait se débrouiller toute seule pour un tas de choses. C'est une femme qui avait de la ressource. En l'occurrence, elle avait les idées claires pour le menu du dîner.

— Des spaghettis, m'a-t-elle suggéré tout de go. Sauce bolognaise ou pesto ?

— Pesto ! Ce sera parfait.
— Si c'est parfait, tu n'as plus qu'à.
— J'y vais de ce pas ! lui ai-je lancé, ragaillardi par cet afflux de fonds inespéré.

J'étais fier et soulagé d'avoir trouvé une solution pour regonfler notre trésorerie. Je me croyais tiré d'affaire, et protégé par ma bonne étoile. Pas un seul instant je n'avais envisagé que le vent pourrait tourner. J'étais soit naïf soit inconscient... Sûrement les deux à la fois.

Marie-Ange

« À quelque chose malheur est bon. » Pour ne pas faire mentir le proverbe, j'avais décidé de tirer le meilleur parti possible de mon temps d'immobilisation. Le matin était généralement consacré à l'entretien du corps et l'après-midi au travail de l'esprit. Je me levais aussi tôt que possible. Ainsi, je gardais le rythme du lycée, sachant que je passais beaucoup de temps à me préparer : tous les gestes du quotidien – me laver, m'habiller, me coiffer – étaient soudainement devenus compliqués. Mine de rien, renoncer à l'usage d'un bras n'est pas si simple. Qu'à cela ne tienne, j'avais développé un tas d'astuces et divers moyens de faire avec – ou plutôt sans. J'étais même devenue assez habile de la main gauche.

J'avais établi un programme simple et, grâce à une discipline de fer, je parvenais à m'y tenir. Une fois le petit déjeuner avalé, je partais me dégourdir les jambes dans le parc de Versailles, et surtout m'évader. J'aimais parcourir les longues allées boisées encore désertes à cette heure matinale où la brume envahit les eaux argentées du canal. Ces promenades m'enchantaient. Au détour d'un bras d'eau côté ouest, je surprenais régulièrement un couple de hérons en pleine baignade ou une horde de canards sauvages qui avaient pris leur quartier d'hiver au fin fond du parc avant la migration de printemps... À plusieurs reprises, je m'étais réjouie d'heureuses et improbables rencontres : un jour, j'aperçus un écureuil qui grimpait le long d'un chêne géant. La rapidité et la souplesse avec lesquelles il se déplaçait autour du tronc puis entre les branchages étaient impressionnantes. Une autre fois, ce fut une biche, dont la tête dépassait d'un sous-bois touffu. Elle se figea, me fixant de son regard sombre et inquiet, avant de prendre la fuite. Je ne sais pas qui avait été la plus étonnée des deux ; je suis restée immobile, sans doute éberluée de constater que de si grands animaux vivaient dissimulés dans ces bois, à quelques pas de nous.

Je revenais de ces escapades le cœur presque léger, tout juste pour l'heure du déjeuner. Laurie assurait l'entière préparation des repas, elle était d'une aide précieuse. Contrairement à ce que j'avais cru au début, elle s'est révélée très fiable, je dirais même qu'elle était plutôt dégourdie, elle trouvait toujours des solutions à tout. Et puis tout se passait à merveille avec Polo. Tout cela faisait que j'avais l'esprit libre et que, l'après-midi, je pouvais entièrement me consacrer à la préparation de mon concours. Parallèlement, je suivais la progression des enfants. Antoine remontait sa moyenne en physique-chimie, j'étais ravie et ses résultats semblaient tranquilliser Pierre. Augustin, lui, traçait sa route sans problème.

Même si je n'y étais pour rien, l'idée de laisser mes élèves en plan, au beau milieu de l'année scolaire, m'avait beaucoup culpabilisée... Par chance, ma remplaçante m'avait contactée, nous nous étions mises d'accord sur la poursuite du programme. À mon retour, je pourrais enchaîner sans aucun problème. Un moindre mal, donc.

Cela, c'était le visage que je montrais côté scène. Côté coulisses, en revanche, j'étais face à moi-même, enfermée dans ma tour d'ivoire, en proie à de multiples doutes. Parviendrais-je à remonter la pente, à affronter mes peurs, mon mal-être rampant qui, malgré les traitements chimiques, n'en finissait pas de m'étouffer ? Et quoi que je fasse, mon esprit tout entier n'était tourné que vers lui. C'est pendant cette période que je l'ai revu. Dans le plus grand secret, bien sûr.

De passage à Versailles, Nicolas logeait chez Aurélien, son meilleur ami. Le retrouver, après tous ces mois d'absence, m'a procuré un immense bonheur. Les mois qui avaient suivi son départ avaient été terribles. Il ne répondait à aucun message. Il faisait le mort. Je tremblais. Vers la fin de l'été 2019, j'avais reçu un premier SMS de sa part : « Je pense beaucoup à toi, je ne t'oublie pas, je vais bien, je t'embrasse. » Enfin un signe de lui ! Je revivais ! Après ça, les contacts étaient restés assez épisodiques. Je tombais systématiquement sur son répondeur. Je lui laissais un message, il me rappelait quand ça lui chantait ou m'envoyait un SMS. Cette façon de communiquer était tellement frustrante. De ce fait, je me faisais un sang d'encre à son sujet. Même s'il m'affirmait que tout allait bien, qu'il était hébergé chez un ami, je ne pouvais pas m'empêcher de penser qu'il mentait pour me rassurer.

Lors de ces échanges, je le questionnais de façon aléatoire sur un tas de choses, tentant à chaque fois d'en savoir un peu plus sur son quotidien, m'inquiétant surtout de ce qu'il faisait, de comment il vivait. La plupart du temps, il était assez évasif dans ses réponses, ou éludait purement et simplement. Dès que je le sentais rétif, je changeais de sujet, de crainte de susciter son agacement, voire ses reproches. Je me fiais au timbre de sa voix pour jauger ses hauts et ses bas.

Un peu avant Noël, il a cessé de répondre à mes messages. J'étais inquiète, désemparée. Je ne savais plus quoi faire. Sans cesse en alerte, je me précipitais sur mon téléphone dès la première sonnerie, sursautant à la moindre notification. Cela a été une période difficile. Vraiment. Il a fini par refaire surface, il y a quelques semaines. Il m'a dit qu'il serait de passage à Paris pour Mardi gras et qu'il me préviendrait dès que nous pourrions nous voir. Cela m'a remonté le moral.

La première fois, il m'a donné rendez-vous dans l'un de ses cafés préférés, non loin de l'endroit où se tient le marché. Arrivée sur place la première, j'ai commandé un expresso, que l'on m'a servi presque tout de suite. J'ai laissé le café refroidir en l'attendant. Je guettais le moindre mouvement autour de moi. Au bout d'une demi-heure, ne le voyant pas arriver, j'ai pensé qu'il avait eu un empêchement de dernière minute ou qu'il s'était défilé. Je me suis empressée d'avaler mon café froid et de régler l'addition. Je m'apprêtais à partir quand j'ai vu surgir un type immense à l'angle de la rue, habillé d'un caban sombre et coiffé d'un bonnet de marin. Quand il est parvenu à ma hauteur et qu'il s'est approché de moi en souriant, je me suis figée, il m'a fallu quelques secondes pour l'identifier. Je ne sais pas pourquoi, j'avais l'impression étrange d'avoir un inconnu en face de moi. Peut-être à cause de cette barbe qui lui mangeait la moitié du visage, de ses mèches blondes qui pendaient le long de ses tempes et féminisaient son regard. Sans parler des deux anneaux en or suspendus à son oreille gauche, qui lui donnaient une allure rebelle que je ne lui connaissais pas, mais qui lui allaient parfaitement bien. Sans doute était-ce dû à son côté caméléon.

Nous nous sommes retrouvés une autre fois dans un café du centre-ville. Dans le quartier de la gare Rive-Droite. Il était à l'heure. On s'est installés en terrasse. On a commandé chacun un chocolat chaud et une énorme part de tarte Tatin recouverte de crème chantilly, comme il les aimait. On a parlé avenir, projets. Il avait un plan pour participer au Festival d'Avignon comme figurant grâce à un metteur en scène rencontré à La Rochelle. Il rêvait de faire du théâtre ! L'exact opposé de ses choix d'orientation en terminale. Cette période-là m'a soudain semblé si loin. Puis, sans transition aucune, il s'est inquiété de Polo, d'Antoine et d'Augustin. Il voulait savoir comment ils allaient, comment ça se passait pour eux à l'école et au lycée. J'ai été très touchée qu'il demande de leurs nouvelles. J'ai répondu que chacun suivait son chemin, sans donner trop de précisions. Malgré tout, je n'ai pas pu m'empêcher de lui dire que Polo le réclamait souvent ; j'ai aussitôt remarqué son trouble, ses yeux se sont voilés. Puis il a regardé sa montre en disant qu'il n'allait pas tarder, qu'il devait retrouver des copains.

Quand on est sortis du café, on s'est embrassés. Puis il est parti dans la direction opposée à la mienne. J'ai eu un pincement au cœur de le voir s'échapper si vite. Juste avant de traverser la rue pour rejoindre l'arrêt de bus, j'ai aperçu Laurie de l'autre côté du boulevard. Je n'en suis pas sûre, mais je crois qu'elle nous a vus.

Est-ce que j'aurais dû lui parler de Nicolas à ce moment-là ? Lui expliquer l'inexplicable ? Elle m'aurait prise pour une dingue et, forcément, elle m'aurait jugée, puisque tout le monde juge tout le monde.

Laurie

Feyraud avait toujours le mot juste. Pour lui, Polo était mon « rayon de soleil ». C'était bien vrai.

Une fois, il avait plu toute la journée, on était restés coincés à la maison. Je me souviens, Polo s'est assis à côté de moi et a déposé deux livres sur mes genoux. « C'est parti ! » il a dit. Après, on a plus vu le temps passer. C'étaient les fameux *Où est Charlie ?*, ce type à lunettes en marinière rouge et blanc et pantalon bleu, qu'il faut retrouver au milieu d'une foule de personnages. Tout l'après-midi, on a reluqué chaque centimètre carré de page à la recherche de Charlie et de ses amis : son chien, Ouaf ; Félicie, en jupe bleu clair et collants à rayures rouges et blanches ; Pouah, une sorte de Charlie maléfique. Polo trouvait les personnages les uns après les autres à une vitesse hallucinante ! Il était bluffant, hyper concentré ! Il voyait des trucs que personne d'autre aurait remarqués. Et infatigable, avec ça ! Sitôt une page terminée, il enchaînait sur la suivante. Il me bombardait de questions et, forcément, j'avais pas toutes les réponses. Plus d'une fois, je me suis trouvée bête, à pas savoir quoi lui dire. Alors il me lançait comme ça, d'un air sérieux : « T'as qu'à chercher dans ton téléphone. »

J'avais intérêt à m'exécuter, parce qu'il attendait les explications dare-dare. Je le sentais à côté de mon épaule, qui jetait un œil sur l'écran, comme s'il vérifiait ce que j'étais en train de faire. Ce qui était impressionnant aussi, c'est qu'il enregistrait tout ce qu'on lui disait. Non seulement il était capable de me ressortir la définition d'un mot qu'on avait cherché deux jours avant, à la virgule près, mais en plus ça l'amusait beaucoup de tout réciter par cœur. Le plus incroyable, c'est qu'il faisait pas ça pour se vanter. Non, il était comme ça. Un vrai dico, Polo. Il était vraiment trop fort ! Qu'est-ce qu'on se marrait, tous les deux !

Je me souviens d'une autre fois, c'était à Mardi gras. On a passé la journée à rigoler et à faire sauter les crêpes dans la poêle ! On en avait préparé des piles pour le dîner. Ce soir-là, pour une fois, je les ai tous vus se mettre à table avec le sourire. La mère était aux anges, elle avait repris le boulot. Elle revivait, et moi aussi, j'avoue. Le père a fait honneur à nos galettes, il s'est goinfré comme un gosse affamé. À croire qu'il avait pas bouffé depuis trois jours. La grosse surprise, c'est qu'en plus des félicitations des parents j'ai eu droit aux remerciements d'Antoine et d'Augustin. Ça m'a doublement scotchée. C'est peut-être ça qui m'a fait le plus plaisir. Comme si j'existais soudain à leurs yeux.

Un détail m'est revenu à propos de cette journée. Avant de sortir les ingrédients pour préparer la pâte à crêpes, Polo m'a lancé que je devais faire les choses « bien dans l'ordre », comme Nicolas le lui avait toujours dit. C'est là qu'il s'est mis à me reparler de lui. Apparemment, ils avaient pour habitude de préparer le dîner du dimanche soir, tous les deux. Le menu alternait entre spaghettis, lasagnes à la bolognaise ou végétariennes, salade composée, et crêpes ou gaufres pour le dessert. À ce moment-là, il est allé fouiller dans un placard, et il en a rapporté un cahier qu'il a posé sur la table et ouvert devant lui. J'ai tout de suite reconnu la petite écriture serrée et fine, la même que dans l'agenda trouvé dans la chambre du haut. Sur la page de droite, y avait la recette ; sur la gauche, une photo collée. Évidemment, pour Polo, ça réveillait des tas de souvenirs. Il a pas tardé à avoir la larme à l'œil. J'ai essayé de lui changer les idées.

Reparler de cette scène à Feyraud m'a fait quelque chose. J'avais une boule dans la gorge. Tous ces souvenirs qui remontaient, ça m'a fait chialer comme une Madeleine. Un silence s'est installé, et Feyraud m'a encouragée à me lâcher en me tendant une boîte de mouchoirs.

La nuit suivant ce rendez-vous avec le psy, un orage a éclaté et m'a réveillée en sursaut. J'ai senti un courant d'air sur mes épaules, je me suis levée pour fermer la fenêtre qui était restée ouverte. Il faisait froid dans la chambre. Je me suis recouchée. Il était 4 heures. Impossible de me rendormir. Trop tôt pour un café. Trop tard pour une tisane. Les pensées, les images ont rappliqué. Ça a recommencé à fuser, à tourbillonner, à cogner dans ma tête. J'avais le vertige, comme si mon lit tanguait. Alors, j'ai ouvert les yeux. Les seuls mots qui me venaient, c'étaient ceux dictés par ce qui se passait dans mon corps : frissons, pieds gelés, mains humides et froides, peur, tremblements, mal au ventre, nausée, reflux, dégoût, bourdonnements d'oreilles. Et puis, la tache rouge sur l'oreiller de Polo, elle était toujours là devant mes yeux, elle me narguait sans arrêt... La mort en face.

Je suis restée longtemps recroquevillée dans mon lit, les larmes arrêtaient pas de couler, elles coulaient tellement qu'elles finissaient par me piquer le visage. Dehors, j'entendais les gouttes de pluie tambouriner sur le toit.

L'eau du ciel, les larmes. La pluie lave la terre, les larmes emportent le chagrin, je me suis dit. À force de dévaler le long de mes joues, les pleurs m'avaient apporté un peu d'apaisement. Je me suis levée et j'ai regardé la pluie tomber sur les toits, grossir les caniveaux. Derrière la vitre, je me sentais protégée. À l'abri. Ici, il pouvait rien m'arriver. J'étais au calme. Tout ce que je voulais, c'était retrouver la paix, vivre normalement, ne plus avoir peur.

J'ai pris un papier et un crayon, et j'ai noté les mots qui me venaient pour décrire ce que je sentais dans mon corps et dans ma tête. Ça me permettrait d'en reparler à Feyraud à la prochaine séance. Comme il me l'avait expliqué, ça faisait partie du travail « de mémoire » et « d'intégration des souvenirs », les bons comme les mauvais. Tout cela appartenait au passé. Sauf que, des fois, le passé passe pas si facilement.

Pierre

Cela m'est tombé dessus le lendemain de Mardi gras. Comme j'avais un peu forcé sur les crêpes, j'ai d'abord cru à une indigestion car j'avais de grosses douleurs d'estomac. Mais c'était pire. J'étais incapable de me lever, assommé par une fièvre de cheval. Complètement sonné. Puis tout s'est enchaîné. Courbatures partout. Maux de tête, perte du goût et de l'odorat. J'étais vraiment inquiet. Moi qui suis très rarement malade, j'étais contraint de rester au lit. Les premiers jours, j'ai dormi sans discontinuer.

Marie-Ange, elle, était en forme ; on venait de lui retirer son attelle, elle retrouvait peu à peu une certaine mobilité. Ce matin-là, elle m'a apporté du paracétamol avec un verre d'eau avant de partir au lycée. Ensuite, Laurie a pris le relais, elle passait régulièrement m'apporter un plateau avec une boisson chaude et de quoi grignoter. Je ne comprenais pas ce qui m'arrivait et pensais que ça se tasserait rapidement. Au bout d'une semaine, pas d'amélioration. Le médecin est venu. À part le repos et le paracétamol, il n'avait rien à me proposer. Je dois admettre que c'est la seule solution raisonnable dans ces cas-là, sauf que cette histoire a duré trois semaines ; pour mon chef, Blanchard, les mots « repos » et « maladie » étaient des concepts abstraits ne faisant pas partie de son vocabulaire, c'étaient « des trucs de gonzesses qui s'écoutent ! ». J'avoue que j'étais un peu comme lui avant de faire les frais de cette sale maladie.

Comme d'habitude, c'était chaud au bureau : pas le moment de tomber malade. À vrai dire, ce n'était jamais le moment. Blanchard croyait que je le lâchais, il n'arrêtait pas de me harceler au téléphone ou par SMS. Il me débitait ses histoires, ses plans à trois mois, à six mois. Il n'entendait pas lorsque je lui disais que j'avais des vertiges quand j'essayais de me lever. Il me prenait pour un simulateur – pour un « branleur », pour dire les choses comme lui. La dernière fois qu'il m'a appelé, la conversation n'a pas duré longtemps. Il m'a purement et simplement raccroché au nez.

Quelques semaines plus tard, j'ai compris ce qui m'était arrivé : j'ai fini par faire le rapprochement avec tout ce qu'on voyait à la télé, ce qu'on lisait dans la presse et sur les réseaux sociaux au sujet de ce nouveau coronavirus venu de Chine. Les symptômes décrits correspondaient bien aux miens. Je ne savais absolument pas comment j'avais pu l'attraper.

Au début, personne n'a vraiment pris la nouvelle au sérieux quand la Chine a décidé de mettre sous cloche Wuhan, la ville d'où était partie l'épidémie. On a tous pensé qu'on n'était pas concernés ; c'était loin de nous, et c'était une décision radicale, autoritaire... typiquement chinoise. Ensuite, les choses ont commencé à se gâter, à devenir palpables, le virus est apparu un peu partout dans le monde, en Europe, dans le nord de l'Italie, mais, à aucun moment, on n'a cru qu'il pourrait arriver chez nous, en France...

La suite, on la connaît : le monde s'est confiné pour échapper à ce virus mortel.

Ce truc a chamboulé nos vies comme aucun autre événement majeur avant lui. Du jour au lendemain, comme des millions d'autres, je me suis retrouvé casque sur la tête, collé derrière mon écran d'ordinateur à longueur de journée, à bosser à la maison, à faire des réunions Teams, à pester contre les connexions hasardeuses, à écrire des tonnes de mails pour un oui ou un non. Pareil pour Marie-Ange, qui a dû s'improviser prof à distance. Elle occupait la salle à manger ; moi, la véranda. Quant aux enfants, ils ont dû s'y mettre aussi, chacun dans sa chambre... On est tous devenus des zombies et des fous d'écran. Seuls Polo et Laurie ont échappé à ça.

Nous avons dû commander un nouvel ordinateur sur Internet pour permettre à Augustin et à son frère aîné de suivre leurs cours en distanciel. Encore une dépense imprévue qui s'est ajoutée à la montagne de dettes et de crédits qui commençait à doucement m'ensevelir. J'ai bien été obligé de reprendre un petit crédit, en étalant les remboursements comme j'ai pu. Malheureusement, il y a eu quelques frais supplémentaires, les logiciels, les antivirus...

La dégringolade s'est amorcée. Si un poste a explosé, c'est bien celui de la nourriture ! Fatalement, six personnes qui mangent trois fois par jour, voire quatre pour les gosses qui goûtent – « dévorent » serait un mot plus approprié –, sept jours sur sept, ça devient une entreprise de restauration. Il faut non seulement tenir la cadence, gérer les stocks, mais aussi varier les menus. Autant dire que le rythme des livraisons à domicile s'est pratiquement multiplié par deux ou par trois.

Est arrivé un moment où je n'osais plus consulter nos comptes sur Internet. Les agios me donnaient le vertige. Quand le numéro de notre conseiller bancaire s'affichait sur mon écran de téléphone, je coupais systématiquement. Il me laissait des messages dont le ton relativement aimable du début est vite devenu agacé. À chaque fois, je le rappelais poliment et tentais de le calmer, de le rassurer en l'embobinant comme je pouvais. Ça a marché un temps. Un temps seulement.

J'avoue que j'ai toujours été joueur, vraiment joueur, c'était plus fort que moi. *Le plus incroyable, vu d'ici, c'est ce qui a pu me faire penser que je pourrais tirer sur le fil encore longtemps.*

Je connaissais bien le banquier. Nous avions commencé nos études ensemble, ensuite il avait bifurqué vers la finance et moi, vers les sciences de l'ingénieur. Nous avions des connaissances, des centres d'intérêt en commun, nous nous croisions souvent en faisant notre jogging dans le parc le week-end, nous avions de bonnes relations, pas tout à fait amicales, mais plutôt courtoises, voire cordiales. Et nos enfants étant dans les mêmes tranches d'âge, ils fréquentaient les mêmes écoles, alors, quelque part, tout ça nous a rapprochés.

Un jour, lors d'une énième conversation téléphonique, j'ai perçu son exaspération. Subitement, le timbre de sa voix est passé de ferme à agressif et, pour la première fois, il m'a menacé d'en référer à ses supérieurs. Naïvement, j'ai pris les choses à la légère, je n'ai pas tenu compte de son changement de ton. Après tout, nous avions toujours trouvé des compromis et des solutions. Comment pouvais-je me douter qu'un jour prochain nos petits arrangements, c'est-à-dire ses largesses, m'exploseraient à la figure ?

Marie-Ange

Dire que le virus du Covid a bouleversé nos vies est un euphémisme. Du jour au lendemain, tout s'est arrêté. Nous autres professeurs de lycée avons tout fait pour continuer à assurer l'enseignement à distance. Pour moi, cela impliquait de préparer et de présenter tous mes cours sur Powerpoint via Teams ou Skype. Une révolution. Le plus compliqué, c'était de capter l'attention des élèves que je ne voyais plus. Comment savoir s'ils suivaient mes explications derrière leurs écrans ? Avant, je pouvais leur parler en soutenant leur regard et y déceler la compréhension ou la confusion, surveiller du coin de l'œil ce qui se passait dans la classe, faire cesser les bavardages, écrire au tableau en étayant mon argumentation et mes démonstrations grâce à la gestuelle. Mais, là, plus rien ! Et une trentaine d'élèves à motiver derrière un ordinateur, c'est un vrai défi. Ils ne sont déjà pas très enthousiastes en temps normal... Pour les terminales scientifiques, ça allait, parce que l'épreuve de maths au bac a un gros coefficient, donc, la plupart d'entre eux étaient très concentrés et attentifs. Je leur préparais des examens blancs avec corrigés que je leur envoyais par mail. J'ai même réussi à organiser un bac blanc en distanciel avec un temps de réponse très strict, qui a plutôt bien fonctionné. Pour mes élèves de première, en revanche, j'ai eu des décrochages, trois cas, pas plus, mais cela reste trois cas de trop. Ce n'est pas faute d'avoir appelé ces élèves et leurs parents en direct. Ces derniers m'ont fait comprendre que ce système d'enseignement ne leur convenait pas et que cela n'était pas la peine d'insister. Que pouvais-je leur répondre ? Je me suis sentie démunie face à ces parents qui ne voulaient rien entendre. J'étais ennuyée et attristée pour leurs enfants qui étaient contraints de s'adapter à leurs décisions.

À la maison, mes enfants aussi ont dû revoir leurs manières de faire. Ils s'y sont mis sans trop de difficulté. Antoine travaillait déjà beaucoup sur ordinateur, il avait l'habitude de regarder des tutos sur YouTube. Cela a été plus difficile pour Augustin. Passer des cahiers à l'informatique sans transition, il n'a pas trop aimé et a un peu traîné les pieds. On lui a trouvé un petit PC sur un site Internet, qui nous a été livré quelques jours plus tard. Antoine a passé un certain temps à lui expliquer son fonctionnement et, au bout d'une semaine, il était déjà très à l'aise avec ce nouvel outil. Finalement, on s'en est plutôt bien tirés.

Pouvoir compter sur Laurie nous a beaucoup facilité la vie. Je devrais dire « une fois de plus », car, lors de mon accident, elle avait déjà pris les choses en main. Elle s'est littéralement transformée en cuisinière émérite, adepte du robot cuiseur, passant une grande partie de son temps entre la cuisine et le jardin avec Polo, qui ne la lâchait pas d'une semelle. Elle avait vraiment beaucoup de mérite. Elle se montrait si patiente ! Je ne sais pas ce que j'aurais fait sans elle.

Nous nous sommes aussi rapprochés de tante Denise, qui s'est retrouvée très isolée. Elle ne pouvait plus sortir faire ses courses : passer des heures dans une file d'attente devant les magasins d'alimentation, ce n'était clairement pas envisageable pour elle. On l'appelait régulièrement pour savoir ce dont elle avait besoin et on rajoutait sa commande à la nôtre sur Internet. Une fois qu'on était livrés, Antoine ou Augustin lui apportaient ses provisions qu'ils déposaient devant sa porte. Et puis, on passait beaucoup de temps au téléphone avec elle, histoire de la rassurer, de lui montrer qu'elle n'était pas seule.

Paradoxalement, j'ai été soulagée que Pierre tombe malade. J'en ai profité pour m'installer dans la chambre d'amis du premier, prétextant qu'il valait mieux qu'il se repose tranquillement. Il n'a pas fait d'objection. Il était calme, pas au point d'être aimable, mais il n'était agressif ni avec moi ni avec les enfants. Un autre homme ! Forcément, il ne buvait pas. Il passait son temps à dormir. Cette période bénie a évidemment été de courte durée. Dès qu'il a remis un pied par terre, tout s'est effondré. Même si la maison est grande, même si chacun d'entre nous disposait d'un espace à soi, nous vivions en vase clos. Et ça, c'était pire que tout. C'est à partir de ce moment-là que les choses ont commencé à empirer. Non seulement Pierre redevenait menaçant, mais, en plus, il me pistait. J'étais devenue l'objet de ses frustrations, de sa colère, son exutoire, sa proie, et j'avais le tort d'être visible, donc à sa merci. Je le voyais tourner en rond, comme une bête encagée qui attend sa ration de viande. Dès que j'avais le malheur de me retrouver seule dans une pièce, il ne manquait pas une occasion de venir m'insulter verbalement ou me menacer physiquement. Avec toujours cette façon de m'attraper par le bras, de me bloquer contre un mur ou un meuble, plaquant une main sur ma bouche pour m'empêcher de parler et de respirer. La maison était devenue ma prison. Un terrain de jeu pour lui, qui pouvait me piéger n'importe où.

— Si tu l'ouvres, je te démolis, tu entends ?

J'étais mortifiée. Je tremblais, je me taisais. Je sentais les larmes monter et couler sur mes joues. Il mettait un doigt devant sa bouche pour me faire comprendre de garder le silence. Je baissais la tête. Alors, il me lâchait. Une fois, me croyant libérée, je me suis échappée de la salle à manger, il s'est empressé de me rattraper dans le couloir et a recommencé de plus belle.

— Ne joue pas à ce jeu-là avec moi ou tu vas perdre ! Je vais te détruire. Tu ne t'en sortiras pas, je te le garantis !

J'étais en permanence sur mes gardes et tentais par tous les moyens de lui échapper en recherchant la compagnie des enfants. Je m'installais dans le jardin, où j'étais visible par Laurie et Polo, ou je téléphonais à mes collègues pour n'importe quel prétexte.

À cela s'ajoutait que Nicolas rôdait aux quatre coins de ma tête. Pas une heure, pas une minute ne passait sans que je guette ses messages, ses SMS... qui ne venaient pas. La dernière fois qu'on s'était vus, il avait pourtant promis de ne pas me laisser sans nouvelles. Avait-il oublié ses promesses ? Que faisait-il de ses journées ? Comment vivait-il ce confinement ? Pourquoi ce silence ? Autant de questions sans réponses qui tournaient en boucle jour et nuit dans ma tête, sans que je puisse en parler à personne. Je mesurais l'immensité de ma solitude à l'aune de ma peur grandissante et de mon chagrin insondable.

À y regarder de plus près, la vie de chaque être est en permanence guidée par les choses à faire pour vivre, survivre et s'adapter à son environnement. Vu d'ici, j'ai le sentiment d'avoir tout fait, tout donné, mais sans doute n'était-ce pas encore assez.

Laurie

« Et le Covid, comment l'avez-vous vécu ? » m'a demandé Feyraud.

Comme tout le monde, j'avais galéré, surtout à cause de l'humeur ambiante. C'était déjà pas gai chez les Jarnac ; là, c'est devenu carrément tendu. Quand le père et la mère se croisaient, il y avait de l'électricité dans l'air. Heureusement, c'était pas l'espace qui manquait. La journée, chacun avait sa pièce. Tout le monde se retrouvait pour les repas. Le soir, les parents restaient au salon à regarder la télé. Quand le beau temps est arrivé, ils ont pris leurs quartiers sur la terrasse. Mais ils se parlaient pas, ils étaient juste assis l'un en face de l'autre.

Polo a sauté de joie en apprenant qu'il irait pas à l'école plusieurs semaines d'affilée. Sa mère a fait une de ces têtes... Elle qui croyait qu'il aimait apprendre et travailler. Ce qui lui a le plus manqué, ce sont ses copains, bien sûr.

Avec le confinement qui nous est tombé dessus, je suis devenue l'esclave de maison, surtout pour les repas. Je devais tout le temps cuisiner et, comme je devais aussi m'occuper de Polo, je l'ai pris avec moi en cuisine. On a passé tellement de temps derrière les fourneaux. J'avoue qu'il m'aidait bien, il aimait se rendre utile, préparer la vinaigrette, battre les œufs, faire des gâteaux. Il a appris à le faire et s'y prenait plutôt pas mal. Il aurait bien aimé couper les légumes ou les fruits en petits dés. Il a grimacé quand je lui ai dit que je trouvais ça trop dangereux.

Un jour, en pleine séance d'épluchage, le couteau a dérapé sur mon pouce, et je me suis fait une belle entaille. Polo a compris pourquoi je l'avais pas autorisé à se servir d'un couteau. Il a même paniqué. Je l'ai pas souvent vu dans cet état. Faut dire, les doigts, ça pisse le sang. Il a appelé sa mère en hurlant.

Elle est arrivée en trombe. Elle m'a enroulé le doigt dans un torchon et m'a demandé de la suivre dans la salle de bains du haut, où se trouvait l'armoire à pharmacie. Elle m'a désinfecté le pouce et m'a collé un pansement dessus en essayant de rassurer Polo, qui ne quittait pas ma blessure des yeux.

Pendant cette période bizarre, si y a bien une chose qui nous a sauvés, c'est le jardin ! Et, cerise sur le gâteau, celui-ci possédait un potager.

J'étais loin d'imaginer que cette famille pouvait cultiver des fruits et des légumes sous une serre et sur un carré de terre au fond du jardin. Parce qu'ils étaient plutôt du genre intello, à passer leurs soirées à bouquiner des machins sérieux ou, dans le meilleur des cas, à regarder des vieux films et des documentaires historiques sur Arte. Bien sûr, ils avaient un côté bobo écolo très à cheval sur la qualité de la nourriture bio. Mais de là à se salir les mains dans les plantations, y avait un monde. En fait, j'ai fini par apprendre, un peu par hasard, que c'étaient les propriétaires précédents qui avaient créé ce potager. Les Jarnac le faisaient entretenir par un jardinier. Comme ce dernier, Covid oblige, risquait pas de venir avant un certain temps, j'ai proposé de m'en occuper avec Polo. Ils demandaient pas mieux.

On s'est mis au travail. C'était le bon moment, la terre se réchauffait doucement, les dernières gelées étaient derrière nous. Ça me rappelait mon enfance, quand je passais mes vacances en Normandie chez mes grands-parents maternels. Pépé Jami, c'est lui qui m'a tout appris : biner, sarcler, ratisser, semer, arroser et, le meilleur pour la fin, récolter. Mon grand-père en connaissait aussi un rayon en matière de météo, il savait quand le temps allait changer rien qu'en regardant la couleur du ciel, la forme des nuages, et en observant d'où venait le vent.

Polo était un assistant génial. Il m'a aidée à retirer des brouettes entières de mauvaises herbes et de cailloux. Il a manié la binette et le râteau comme un chef, il suffisait de lui montrer. Après on a remis du compost un peu partout, on a enfoncé des bulbes d'oignons en les espaçant bien les uns des autres, on a semé des graines de radis, de carottes, de courgettes, on a déposé du terreau dessus, et ensuite y avait plus qu'à attendre la pluie. Pour ça, j'avais téléchargé une appli météo. Dès les premières gouttes, on était derrière les carreaux à se réjouir du résultat qui nous attendrait le lendemain. On était rarement déçus.

Mine de rien, être au jardin, c'était vraiment cool. Dans cet espace, on avait l'impression d'être ailleurs, alors qu'on était en pleine ville. C'est bien simple, le potager nous occupait tous les après-midi jusqu'au dîner et nous remettait les idées en place, parce qu'on peut dire ce qu'on veut, gratter la terre, ça ramène à l'essentiel. Et il s'est mis à faire un temps du tonnerre. Le soleil tapait fort et la température montait parfois jusqu'à 30 °C, ce qui m'a même valu une insolation. Du coup, après, on a sorti les chapeaux et la crème solaire.

Le soir, Polo venait me rejoindre en bas dans mon studio. Pendant que je me débarbouillais, il arrivait avec les *Contes du chat perché* sous le bras. Il s'installait sur mon lit avec son doudou, un vieux lapin bleu aux yeux crevés et aux oreilles décousues, ouvrait le livre à la page où on s'était arrêtés la veille, et il attendait sans dire un mot. Ces histoires de campagne un peu vieillottes avec les deux gamines, Delphine et Marinette, leurs parents plutôt sévères, le chat qui donne la météo en se passant la patte derrière l'oreille, les animaux qui parlent et font la loi en l'absence des parents, lui plaisaient énormément. À moi aussi, j'avoue ! Avec la nouvelle heure d'été, on avait l'impression que la nuit tomberait jamais ; forcément, Polo avait pas envie d'aller se coucher, et en redemandait en se collant un peu plus à moi.

Alors, on enchaînait histoire sur histoire, et l'heure tournait. La plupart du temps, il finissait par s'endormir. Sa tête me tombait sur le bras et, là, je savais qu'il me restait plus qu'à le porter jusqu'à son lit.

Juste après l'avoir bordé avec son lapin bleu, je m'asseyais et je le regardais. C'est beau, un gosse qui dort. Je sortais de la chambre sur la pointe des pieds et, juste avant de refermer la porte, je jetais un dernier coup d'œil, histoire d'être bien sûre que tout était en ordre.

Sur les coups de 23 heures, Mélissa m'appelait. Quand je décrochais, je pouvais dire rien qu'au son de sa voix si elle avait le moral ou pas. Elle me racontait sa journée, c'était toujours un peu pareil. Les premières semaines, elle avait trouvé ça cool de se lever tard, de rien glander. Mais, privée de ses copines, elle a vite tourné en rond. Certains profs ont commencé à faire leurs cours à distance. On avait pas d'ordi à la maison. Les filles de sa classe lui envoyaient les cours et les exos à faire par téléphone. J'essayais de la motiver pour qu'elle continue à réviser ses oraux pour le bac de français, même si les épreuves seraient certainement annulées. Elle était inquiète pour notre mère, en première ligne dans son service de gériatrie, qui s'épuisait dans un hôpital sous-équipé en tout. Mélissa me parlait plus trop du mec de celle-ci, j'en ai conclu qu'il avait disparu de la circulation. Au moins, ça lui a donné de l'air, à ma sœur.

J'aurais tellement voulu être près de Mélissa, la serrer dans mes bras, ma sœurette, mon éternelle complice.

Denise

Si on m'avait dit que les églises fermeraient et que les cloches ne sonneraient plus, je ne l'aurais pas cru. Même pendant la guerre, on n'avait pas connu ça.

Ce virus avait bouleversé nos vies. Pas dans le bon sens. Du jour au lendemain, je m'étais retrouvée prisonnière de mes quatre murs. J'avais beau avoir l'habitude d'être seule, cette fois, j'étais vraiment isolée. Et moi qui me réjouissais qu'on soit bientôt à Pâques ! Je voyais déjà une belle tablée autour de l'agneau pascal. C'était vraiment raté !

Si une chose n'avait pas changé avec le Covid, c'était mon problème de sommeil. Je me réveillais deux à trois fois par nuit. Le plus dur, c'était de se rendormir. Quand j'y arrivais, il n'était pas loin de 5 heures. Évidemment, le matin, j'avais beaucoup de mal à me lever. Il me fallait un bon café avant d'émerger. En même temps, personne ne m'attendait et je n'attendais personne. À quoi bon se lever, s'habiller, se coiffer. Pour qui ? Pour quoi faire ? Je me disais que je pourrais aussi bien rester toute la journée en robe de chambre, ça ne changerait rien.

Je m'ennuyais, je ne savais plus quoi faire de mes journées. Même la télé finissait par m'abrutir, d'autant qu'il n'y avait pas grand-chose à voir. Et puis les bonnes émissions étaient à des heures pas possibles.

À cause du confinement, ma femme de ménage ne pouvait plus venir. L'aspirateur, la poussière, le repassage, tout était resté en plan. Avant, elle passait le mercredi après-midi, ça me faisait une coupure dans la semaine. Je lui offrais un petit café avec des macarons. Nous en raffolions, toutes les deux! Nous discutions beaucoup. Elle en avait de la misère, avec ses deux fils. Elle les avait élevés toute seule. L'aîné, un travailleur acharné, s'était fait licencier. Il venait tout juste d'être embauché comme cuisinier dans un restaurant gastronomique. Le second était étudiant dans une école de commerce. Il voulait faire de l'alternance, malheureusement, avec le Covid, aucune entreprise n'avait accepté sa candidature.

À entendre tous ces problèmes, je me disais que je n'étais pas si mal lotie. Je touchais du bois : je n'étais pas malade, j'étais à l'abri financièrement, j'avais une petite pension de réversion. Je ne pouvais pas me plaindre, même si j'avais parfois le moral en berne. La solitude... c'était ce qu'il y avait de plus pénible, en fin de compte.

Dans cet immeuble, par exemple, je ne connaissais pratiquement plus personne. Odette, ma voisine du deuxième, une retraitée de l'Éducation nationale, était partie à l'hôpital depuis quelques semaines déjà, je n'avais pas de nouvelles. Qu'est-ce qu'elle toussait! Elle avait peut-être attrapé ce virus. J'avais le double de ses clés, je passais chez elle pour arroser ses plantes et nourrir son chat. Le pauvre, il tournait un peu en rond, lui aussi. Ceux du troisième étage étaient partis en Normandie. Sinon, la plupart des autres appartements, cela faisait longtemps qu'ils étaient vides ou loués à des touristes à la semaine. C'était devenu triste, parce que ces gens qui débarquaient avec leurs valises, d'abord ils faisaient un de ces boucans quand ils traversaient la cour! À cause des roulettes qui bringuebalaient sur les pavés, le bruit résonnait dans toute la cour, c'était très énervant. Ensuite, ces étrangers ne parlaient pas un mot de français et, les trois quarts du temps, c'est à peine s'ils disaient bonjour. Quand ils étaient là, on les entendait, ils parlaient fort, ils se couchaient tard, ils claquaient les portes, mettaient la musique à fond. Tout ça pour dire que, même avant le confinement, je n'avais plus de vrais voisins avec qui je pouvais parler de la pluie et du beau temps. C'était devenu triste, oui, vraiment triste. Par contre, avec ce virus, le calme avait pris possession de tout... Ce n'était pas mieux, ce silence.

Heureusement, pendant le Covid, mon fils, Mathieu, m'appelait tous les jours. Généralement après le déjeuner. Il faisait du télétravail, comme sa femme, Inès. Les trois enfants faisaient l'école à la maison. Marie-Ange aussi prenait de mes nouvelles. Elle m'envoyait Antoine ou Augustin avec un panier de courses. J'y trouvais systématiquement une petite gourmandise en plus : des madeleines ou des sablés bretons. Ils savaient que j'adorais ça ! Ils étaient tellement gentils !

Nicolas m'avait appelée une fois ou deux. Comme beaucoup d'étudiants, il s'était retrouvé sans rien du jour au lendemain. Plus de petit boulot, plus de revenus d'appoint. Il ne s'était pas trop étendu sur le sujet, j'avais compris qu'il galérait, comme il disait. Je voulais lui envoyer un chèque, il avait refusé. Décidément, il en a fait des ravages, ce Covid.

Pierre

Depuis plus d'une heure, j'étais seul sur la terrasse. C'était l'unique endroit où je pouvais décompresser, réfléchir tranquillement. Pas un bruit ne venait troubler le silence de la nuit. Je sentais l'humidité me tomber sur le dos. J'ai allumé une énième cigarette pour tenter de me détendre.

Tout se déréglait dans ma vie. Pas seulement à cause du Covid. Non, cela datait d'avant. Il y a presque dix-huit mois, j'avais enterré mes deux parents. Même si c'est dans l'ordre des choses, ça m'a fait un sacré choc, ça a laissé des traces... À partir de là, j'ai eu l'impression que nous étions en train de changer d'époque, de glisser doucement vers quelque chose de sinistre qui avait un avant-goût de mauvaise fortune. La succession, qui s'est mal passée avec mon frère, n'a rien arrangé. Il s'est senti lésé à cause de la répartition des biens. Depuis, nous ne nous appelions plus. Le fait qu'il s'était expatrié en Chine ne facilitait pas les choses. J'ai vendu ce qui me revenait, mais ça n'a pas suffi à éponger les dettes. Une hernie discale m'a achevé. Je n'avais jamais eu de douleurs aussi fortes. Je me suis remis comme par miracle... Depuis la rentrée de septembre 2018, quelque chose s'inversait, comme s'il fallait payer pour les années où la chance semblait être revenue. Pouvais-je parler de chance, d'ailleurs ? D'apaisement, plutôt. Parce que, après la perte de Pauline il y a huit ans et la dépression sévère de Marie-Ange, nous avions passé beaucoup de temps à remonter la pente. Puis Polo était arrivé. Il avait réenchanté notre vie.

Notre installation à Versailles nous avait donné une nouvelle impulsion, comme si une nouvelle page pleine de promesses s'ouvrait devant nous. Cette maison, on en avait tellement rêvé ! On n'avait pas hésité une seconde. L'affaire avait été rondement menée. Tout s'était enchaîné en un temps record, six mois à peine. Toutes nos économies avaient été englouties dans ce projet. En plus de l'aide de Mathieu, j'avais négocié un prêt à un taux exceptionnellement bas auprès de notre banque. Le conseiller m'avait donné un gros coup de pouce.

Mais, depuis l'automne dernier, les tuiles s'accumulaient : la réparation de la toiture, le remplacement de la chaudière à Carnac, le remboursement anticipé à Mathieu, l'opération de Marie-Ange en urgence, ces nouveaux emprunts, cette pandémie et, comme si ça ne suffisait pas, je venais d'apprendre au boulot qu'une grande purge était programmée au sein du groupe d'ici à la fin de l'année 2020, plus importante que celle annoncée à Noël. Sauf qu'à ce moment-là je ne faisais pas encore partie de la charrette. D'ailleurs, j'aurais mis ma main à couper que Blanchard s'était arrangé pour faire ajouter mon nom sur la liste. Il ne pouvait pas me sentir. Quand ces pensées devenaient trop envahissantes, je m'évadais dans un énième verre d'alcool.

Le 11 mai, date de la fin officielle du confinement, on pensait déjà à reprendre un semblant de vie normale. Seulement, nos grands directeurs, eux, avaient d'autres idées en tête – la pandémie n'avait fait que retarder leurs plans. Le 14 mai, à 14 heures, ils nous ont convoqués à une séance plénière en visioconférence. Confortablement installé dans la véranda baignée par la lumière du soleil, le roucoulement des tourterelles me parvenant à travers les baies ouvertes sur le jardin, je touillais mon café brûlant avec ma petite cuillère quand, soudain, je les ai vus surgir sur l'écran de mon ordinateur, passer derrière le micro les uns après les autres, ces grands patrons au dynamisme éclatant, ces experts patentés sûrs de leurs projets bien ficelés, certains de leur force, de leurs arguments comptables imparables, de leur ruse désarmante. À mesure que leurs discours se déroulaient, je saisissais peu à peu l'ampleur des ravages que la suppression de ces soixante postes, dont le mien, allait causer. Soixante postes, au siège et dans les filiales, visés par ce plan de départs prétendument volontaires. Ma vie était en train de basculer sans que je puisse faire quoi que ce soit. J'étais terrifié.

La dernière image qui est restée gravée dans ma mémoire est celle de Blanchard, récemment admis dans la troupe de ces hauts gradés. Il jubilait aux côtés de ces géants dont il n'arrivait pas à la cheville. Cette restructuration, disait-il, était nécessaire pour assurer l'agilité et la flexibilité du groupe. Tout en l'écoutant, je percevais le léger tremblement de sa voix et relevais ses tics de langage – des phrases ponctuées de « clairement », « effectivement », « bien évidemment » à tout bout de champ. À l'issue de cette téléconférence aux allures de show télévisuel, j'ai appris, lors d'une conversation téléphonique avec un collègue syndicaliste très en colère, que la direction n'avait fait qu'utiliser un article de loi autorisant le transfert de contrats de travail en cours : les salariés conserveraient leur poste, leur rémunération et leur lieu de travail. La seule chose qui changerait, ce serait l'employeur, autrement dit un sous-traitant. En tout état de cause, c'était une proposition que les salariés (autrement dit, nous) ne pourraient refuser sans risquer un licenciement pour motif disciplinaire. À terme (c'est-à-dire très vite), cela voulait dire se retrouver dans une boîte de moins de cinquante personnes, avec tous les désavantages que cela comporte : flexibilité, perte d'ancienneté, mise sur la touche…

Ensuite, les coups de fil avec mes homologues des différents services, eux aussi touchés par cette mesure, se sont enchaînés jusqu'au soir. Les plus jeunes pourraient rebondir, mais ce n'était pas le cas de tout le monde – et certainement pas le mien. Chez chacun, pourtant, je percevais une rancœur larvée, une amertume palpable, et très souvent de la colère. Parce que, comme moi, ils avaient tellement donné d'eux-mêmes, sans doute trop.

C'est à ce genre de claque que l'on mesure le temps qui passe, les choses qui se font autrement, et on fait l'amer constat qu'on n'est pas préparé, parce qu'on était installé dans un confort que l'on croyait acquis. Cette claque, je ne l'avais pas vue venir.

J'étais encore sonné par le choc de cette annonce et envahi par un sentiment de perdition totale, d'abandon et de solitude absolue. J'aurais aimé pouvoir en parler à quelqu'un n'appartenant pas à la boîte... Mais à qui ? Dans mon entourage proche, dans ma famille, je ne voyais personne... Mon frère ? Depuis notre récente brouille au sujet de la succession, hors de question. Mon cousin ? Déjà que je lui devais une belle somme d'argent, je ne me voyais pas lui avouer ma situation plus que délicate. Tante Denise ? Certainement pas. Quant à Marie-Ange, c'était tendu entre nous, il valait mieux attendre un peu que la situation s'apaise. D'autant que je trouvais humiliant de sous-entendre que j'étais fragilisé, que je perdais pied, que j'avais envie de tout lâcher. Personne n'a envie d'entendre qu'on va mal.

Mon grand problème, c'est que j'avais toujours donné le change, je paraissais plus solide que je ne l'étais. J'avais l'allure d'un type stable, sérieux, inébranlable, et personne ne s'inquiétait pour moi, à commencer par mes parents qui, dès le collège, n'avaient pas hésité à me mettre en pension pour que je bosse et m'endurcisse. Pour ne pas les décevoir, je m'étais mis au travail : bac avec mention, prépa, études d'ingénieur. Même mon physique m'avait servi au-delà de ce que j'avais pu imaginer : j'étais plutôt grand, carré d'épaules, l'œil rieur et le sourire enjôleur. Plus jeune, j'avais eu pas mal de succès auprès des filles. Au fond de moi, cependant, je m'en étonnais car je n'étais pas à l'aise sur le plan relationnel. Je faisais peu étalage de mes sentiments, j'étais assez fermé, au point de paraître indifférent, voire insensible. Je me montrais dur avec les autres et, a fortiori, avec moi-même. Au boulot, on me disait exigeant, ce qui n'est pas complètement faux. En fait, je surjouais, peut-être pour me rassurer sur ce que je n'étais pas.

Seulement, ce soir-là, pour la première fois de ma vie, j'avais peur. Peur de l'avenir, peur de cette saloperie d'épidémie planétaire qui avait mis à plat l'économie mondiale. Peur de perdre mon statut social, de ne plus pouvoir vivre comme avant, de ne plus avoir la force de continuer à avancer, à jouer la comédie. Ma résistance faiblissait, je me laissais envahir par des pensées sombres, angoissantes.

Même si ce n'est jamais simple, il fallait pourtant regarder la vérité en face. Professionnellement, j'étais sur la touche. Financièrement, nous étions au bord de la faillite. Ce qui me donnait des frissons, des poussées d'adrénaline, il y a quelques mois encore, me glaçait le sang aujourd'hui. Il suffisait que le banquier ne me suive plus. Que se passerait-il alors ? Nous aurions les huissiers à la porte ? Était-ce ce qui nous attendait ? Je tentais de refouler cette idée insupportable.

Un vol de chauve-souris passant à une allure vertigineuse m'a extirpé de ces pensées toxiques. J'ai tiré une dernière bouffée sur ma cigarette et avalé le fond de mon double whisky avant de rentrer. Dans le salon, la lumière était restée allumée. J'ai éteint les lampes une à une et suis monté me coucher. Pas de rai de lumière sous la porte de la chambre d'amis, où Marie-Ange avait pris ses quartiers depuis plusieurs semaines. Sans faire de bruit, je suis entré dans notre chambre et me suis glissé dans le grand lit désert. J'ai poussé un profond soupir et songé à l'amour que nous ne faisions plus. Depuis combien de temps ? Sans doute appartenions-nous à cette catégorie de couples au long cours qui font chambre à part ou qui dorment dos contre dos depuis des années.

Tout cela devenait très dur à supporter. J'avais l'impression de jouer un mauvais rôle dans ma vie d'homme, de mari et de père. Toutes ces pensées se superposaient dans mon esprit ; malgré le grand calme de la maison, je ne trouvais pas le sommeil.

Quel homme, même le plus équilibré, aurait pu résister à une telle pression ?

Marie-Ange

Je ne rêvais que d'une chose : m'échapper de la maison. J'avais peur, je dormais mal, tout m'angoissait. J'avais des crises de larmes, je m'étiolais de jour en jour ; pourtant, je continuais à assurer l'enseignement à distance tout en motivant mes élèves. Je ne sais pas comment j'ai fait. Parfois, on trouve en soi des forces insoupçonnées.

À chaque fin de cours, la même question revenait sur le tapis : « Madame, s'il vous plaît, vous avez des nouvelles pour les épreuves du bac ? » Les dates approchaient à grands pas, nous n'avions aucune information officielle, ni du ministère ni de l'inspection académique. Le mystère restait entier. Des rumeurs circulaient, on parlait de report, d'annulation des épreuves. Je percevais l'inquiétude légitime des élèves et, à travers eux, celle de leurs parents. Je ne savais pas quoi leur dire, à part attendre. Je tentais de calmer le jeu comme je pouvais. « Ne vous inquiétez pas, vous aurez les informations en temps voulu. Je vous encourage vivement à réviser quoi qu'il arrive », leur répétais-je.

Un soir de mai, ma collègue Sabine m'a appelée. Elle venait d'apprendre par une source officieuse, presque officielle, que les épreuves du bac seraient purement et simplement annulées et remplacées par la mise en place du contrôle continu. Nous en avons profité pour discuter un moment. Elle m'a raconté comment elle et son mari s'organisaient à la campagne pour continuer à travailler tout en gérant leurs deux enfants – ils se répartissaient la charge des repas, des courses, les temps de garde, de jeux et d'étude. Elle me disait que les gens du coin les avaient regardés de travers quand ils les avaient vus débarquer avec leurs montagnes de sacs et leurs énormes paquets. Toujours cette détestation du Parisien, sauf quand il laisse un peu plus d'argent que les autres. Pouvoir échanger avec ma collègue, lui parler de tout et de rien, renouer un peu avec le monde du lycée, ce fut pour moi une vraie bouffée d'oxygène.

À partir de ce moment-là, j'ai préparé tant bien que mal les derniers contrôles pour toutes mes classes et modifié mes barèmes, de sorte que les notes du dernier trimestre s'en trouvent légèrement relevées. La consigne était de faciliter le passage dans la classe supérieure et, bien évidemment, de remonter les moyennes pour les dossiers du bac et l'admission dans l'enseignement supérieur.

Un matin de juin, alors que le déconfinement officiel du 11 mai était une réalité sur tout le territoire depuis quelques semaines, le directeur du lycée nous a annoncé par mail que les cours à distance seraient maintenus jusqu'à la rentrée. Savoir que je ne retournerais pas sur place, que je n'arpenterais plus ces couloirs, ces escaliers pleins de vie, que je ne reverrais pas mes élèves, cela m'a fait mal au cœur. C'est bête : on s'attache à eux, à certains plus qu'à d'autres, on n'y peut rien. Et il n'y aurait pas ces derniers cours avec les traditionnels gâteaux et friandises, pas de kermesse de fin d'année, pas d'au revoir, rien... J'ai passé une très mauvaise journée, une très mauvaise semaine.

Peu de temps après, j'ai su que seules les épreuves écrites de mon concours étaient maintenues fin juin. En règle générale, je me défendais plutôt bien à l'oral, c'est là que je gagnais des points. L'écrit et l'oral sont deux épreuves complémentaires ! Malgré tout, j'ai fait mon possible pour garder le cap et continuer à travailler d'arrache-pied.

Courant juin, je me souviens, c'était un vendredi, j'ai fait le plein de courses au supermarché. Au moment de payer, impossible : le terminal de règlement affichait le message « Transaction refusée ». J'étais plutôt sceptique. Au bout de deux autres essais infructueux, j'ai tenté de garder mon calme, même si, au fond de moi, j'avais honte et que ça me stressait terriblement d'être mise en défaut devant tout le monde. Je n'avais ni chéquier ni espèces. La caissière, agacée et sous pression à cause de la file de clients qui grossissait derrière moi, m'a dit en me regardant droit dans les yeux : « Madame, je vais devoir vous demander de laisser vos courses. » Je n'avais pas le choix. Je suis partie, cramoisie de honte. Une fois sur le parking, j'ai immédiatement appelé Pierre. Pas de réponse. Je lui ai demandé de me rappeler.

Sur la route du retour, j'étais tellement sur les nerfs que j'ai failli provoquer un accident : je me suis rabattue trop tôt après avoir doublé une camionnette, le chauffeur m'a klaxonnée comme un dingue. J'étais à deux doigts de craquer. À peine avais-je franchi le portail que Pierre a déboulé au pas de charge.

— Tu as eu mon message ? lui ai-je demandé, agacée, en claquant ma portière.

— Oui, je viens d'appeler la banque. Ils vont s'en occuper.

— Ils ont intérêt, vu le prix de la carte Gold. Tu te rends compte, j'ai dû tout laisser en vrac sur le tapis roulant !

— Ils devraient revoir la connexion.

— C'est tout ce que tu trouves à me dire ?

— Qu'est-ce que tu veux que je te dise ?

— En attendant, les placards sont vides !

— Je vais m'en occuper !

— J'étais tellement stressée que j'ai failli avoir un accident !

— Je te dis que le problème est réglé, alors calme-toi et passe à autre chose, m'a-t-il jeté avec un regard menaçant.

— Facile à dire, ai-je soupiré.

Le lendemain matin, j'ai été réveillée par le bruit provoqué par le chantier de réfection de la toiture qui avait repris après la longue interruption due au confinement. Les ouvriers qui s'interpellaient, sifflaient, cognaient, tout ce tapage me portait sur les nerfs. On n'était plus tranquilles chez nous.

Pierre était parti faire les courses. J'ai avalé un café, puis j'en ai profité pour faire des achats en ligne. Rebelote, carte refusée. J'étais hors de moi. Chaque nouvelle tentative s'est soldée par un échec. Pierre avait-il réellement fait le nécessaire ou me racontait-il des histoires ?

J'étais en train de pester toute seule devant l'ordinateur quand j'ai vu le nom et la photo de Nicolas s'afficher sur l'écran de mon téléphone. J'ai immédiatement décroché. J'ai entendu sa voix, légèrement tremblante :

— Allô, c'est Nico, je voulais juste...

Puis il y a eu un cafouillage et des éclats de voix.

— Eh ! Nicolas, ça va ?

La communication a été coupée. J'ai essayé de le rappeler. À plusieurs reprises. Chaque fois, je tombais sur la boîte vocale. J'ai paniqué. La dernière fois qu'on s'était vus, Nico m'avait dit de ne pas hésiter à passer par Aurélien si je n'arrivais pas à le joindre. C'est ce que j'ai fait. Pas de réponse. Là encore, répondeur. À croire que le monde entier était sur messagerie ! À quoi sert d'avoir un téléphone si c'est pour ne pas décrocher ! J'ai laissé un message en m'efforçant de contrôler ma voix, parce que j'étais dans un tel état de stress : « Bonjour, Aurélien, c'est Marie-Ange de Jarnac. Je voulais savoir si tu avais des nouvelles de Nicolas. Je viens d'avoir un drôle d'appel de sa part, ça a coupé presque tout de suite et, depuis, je tombe systématiquement sur sa messagerie... Peux-tu essayer de l'appeler et me tenir au courant, s'il te plaît ? Je te remercie, au revoir. »

Vers 11 heures, Pierre est rentré des courses. De la véranda, je l'ai vu déposer les briques de lait, les packs d'eau, les sacs au pied de l'escalier. Dire que tout ce chargement serait englouti en quelques jours ! Je l'ai regardé sans bouger, puis je suis montée me rafraîchir dans la salle de bains. Je préférais me calmer avant de lui parler de mes tentatives infructueuses d'achat sur Internet. J'avais un mauvais pressentiment.

Laurie

L'engueulade a commencé très fort. J'étais en train de mettre de l'ordre dans la cuisine. Le père et la mère étaient dans le salon. Je les entendais s'écharper, je sais plus à propos de quoi. J'aurais jamais cru qu'elle pouvait se mettre dans un état pareil, je la sentais remontée, super vénère, quoi. Lui, c'était pas mieux, il la rembarrait systématiquement. Heureusement, Polo jouait sur la grande pelouse au fond du jardin, je l'ai rejoint avec mon sac sous le bras. Je lui avais promis qu'on donnerait à manger aux oiseaux. Je récupérais des vieux quignons de pain, des tranches de brioche rassies. Avec tout ce que j'avais récolté, y en avait pour une colonie.

Polo m'attendait sous le grand chêne. Il était en pleine conversation avec un merle qui avait l'air de l'écouter ; le plus marrant, c'est que le piaf tournait la tête comme pour lui dire qu'il comprenait. Il était carrément pas sauvage : quand je suis arrivée, il s'est même pas envolé.

J'ai commencé la distribution, Polo m'a aidée avec le plus grand sérieux. Ça a pas loupé, au bout de quelques minutes, nous étions encerclés par un attroupement de pigeons, de tourterelles, de moineaux, de mésanges, de merles, bref tous les piafs du quartier. Seules les pies se tenaient à l'écart. Polo a commencé à leur donner à chacun un petit nom, c'était bluffant : Toto, Vertcou et Grison, les trois pigeons ; Bleuette et Jaune d'or, deux mésanges ; Blanche-Neige, la tourterelle ; Noirot, le merle. Tout ce petit monde était en train de liquider les dernières miettes du festin. Il faisait bon à l'ombre du grand chêne. Je me suis assise là et j'ai fermé les yeux. Tout était calme, à peine un souffle d'air dans le feuillage. Je commençais à somnoler quand j'ai entendu Polo m'appeler. Je me suis levée et j'ai couru dans sa direction. Il était près de la cabane à outils, accroupi. En me voyant approcher, il m'a dit « Regarde ! », comme s'il avait découvert un trésor. Et là, j'ai vu la chose. Un nid ! Probablement tombé d'un des arbres alentour.

Polo s'est mis à me poser un tas de questions sur la vie des oiseaux, leur alimentation, leur habitat... Il est resté un bon moment à observer cet enchevêtrement de branches, de feuilles et de brindilles. C'est vrai que c'était une construction impressionnante. Moi qui avais jamais vu ça de près, j'étais stupéfaite parce que, en plus d'être parfaitement rond, c'est léger et solide à la fois, un nid. Rien se casse quand on l'a en main. Et le plus incroyable, c'est qu'elles sont juste entremêlées, toutes ces petites branches ! De vrais architectes, ces oiseaux !

Le lendemain, il faisait une chaleur moite, le temps était à l'orage. On est retournés sous le grand chêne l'après-midi après le déjeuner, et ils étaient tous là, à picorer dans l'herbe, à fourrer leurs becs dans la terre, comme s'ils nous attendaient.

Polo les a aussitôt identifiés – c'est vrai que si on les regarde de plus près on peut arriver à les reconnaître – et a vu qu'y avait des nouveaux dans la bande, des opportunistes de passage, qui avaient sans doute pensé qu'y avait moyen de becqueter dans le coin sans trop se fatiguer.

J'avais récupéré quelques morceaux de pain après le déjeuner. Dès que j'ai sorti le bout d'un croûton de mon sac, y a eu une agitation, comme un mouvement de foule. Forcément, les plus gros, les profiteurs, se sont précipités sur les miettes comme des malfrats en poussant tout le monde, quitte à mettre un coup de bec dans l'œil du voisin. De vrais sauvages, ces oiseaux !

Feyraud est revenu sur le sujet de la dispute entre les parents. Il voulait savoir si celle-ci avait bien eu lieu quelques jours avant le drame. J'ai confirmé, en ajoutant que le ton était jamais monté si haut, surtout de la part de la mère qui, pour une fois, s'était pas laissée faire. D'habitude, c'est lui qui avait le dernier mot. Elle, elle disait pas grand-chose, elle s'écrasait, mais pas cette fois-ci !

Pierre

Je l'ai rarement vue comme ça. Je ne sais pas ce qui lui a pris. Après coup, j'ai pensé que c'était peut-être le stress de son concours, pourtant elle venait de passer les épreuves. Le déclencheur, sans doute, c'est cette histoire de refus de paiement. J'avais pu rattraper le coup en faisant un virement immédiat d'un compte épargne (pas encore à sec) vers notre compte courant. Le point positif, si je puis dire, c'est qu'elle avait craché son venin, la pression était retombée, du moins pour un temps.

Une fois encore, j'étais assis sur la terrasse en train d'essayer de reprendre mes esprits. Malgré la brise qui soufflait, je n'entendais que le silence, ce silence assourdissant qui survient après le fracas d'un orage. Je serrais mon verre de scotch, et le remuais pour faire fondre les glaçons.

Marie-Ange avait abordé le sujet avec aplomb, je devais le reconnaître, s'étonnant, raisonnant logiquement et posément, et arguant enfin qu'un tel blocage ne pouvait être le fruit du hasard... Pas deux fois de suite ! Puis, balayant mes arguments d'un revers de main, elle m'a fusillé du regard et a hurlé : « Tu te paies ma tête ? »

Cette attaque m'a déstabilisé. M'a laissé sans voix. Je devais trouver une parade sans attendre. Me ressaisir. N'avais-je pas pu régler les courses sans le moindre souci ? lui ai-je fait valoir ? Et pour prouver ma bonne foi – un coup de génie, plutôt –, j'avais brandi le ticket de carte bleue resté dans la poche de mon jean. Ayant repris l'avantage, j'avais continué de dérouler mes arguments.

Elle est restée plantée devant moi, en me fixant de son regard noir. Je ne l'avais visiblement pas convaincue, car elle est repartie à l'attaque presque illico. Elle n'en démordait pas, elle ne croyait pas un mot de ce que je disais, elle savait que je la baratinais. J'étais très fort pour ça, a-t-elle poursuivi, mais, maintenant, c'était terminé, je devais arrêter mes conneries une bonne fois pour toutes ! Et là, j'ai vu de la foudre dans ses yeux. Si elle avait pu, elle m'aurait tué sur place. Elle a quitté la terrasse en claquant la porte. Les rôles s'étaient comme inversés.

Après cette dispute, quelque chose s'est fissuré en moi, je me suis mis à trembler, j'ai senti la détresse m'envahir. Je m'enlisais. Je savais que j'étais rattrapé par le réel, que tout menaçait de s'écrouler. J'étais un funambule qui ne tenait plus debout. Marie-Ange avait tout compris.

Une heure plus tard, il y a eu cet appel.

Marie-Ange

Les derniers jours de juin avaient été extrêmement éprouvants. Aurélien avait fini par me rappeler, il avait réussi à joindre Nico. Ce dernier avait eu un petit contretemps, m'a-t-il dit, mais, apparemment, tout était rentré dans l'ordre. Quand j'ai cherché à en savoir plus, Aurélien n'a pas pu me donner de réponse claire, et a noyé le poisson. Je connais bien Aurélien, je savais qu'il n'oserait pas me raconter d'histoires. Mais, au fond de moi, j'étais à moitié convaincue. J'avais senti un affaissement dans le ton de sa voix. Les mensonges et les non-dits des élèves, je connais ça par cœur. En attendant que les choses se tassent, je lui avais fait promettre de me rappeler après le concours et de demander impérativement à Nico de me recontacter.

C'est dans cet état d'esprit que j'avais passé les deux épreuves écrites de l'agrégation : deux fois six heures face à moi-même, masquée, assise seule à une table au milieu de centaines de candidats, masqués eux aussi, dans un grand hall perdu au milieu d'une banlieue grise. Atmosphère tendue et concentrée. Au menu, algèbre linéaire et statistiques. J'avais bien maîtrisé les sujets, j'étais plutôt contente de moi, mais j'étais sortie de là complètement épuisée.

Deux jours plus tard, Pierre avait dû se rendre en Charente-Maritime sur un site de production. Une urgence, à ce qu'il m'avait dit. Je ne savais même pas que sa boîte avait un site près de La Rochelle. À vrai dire, son histoire m'était entrée par une oreille pour sortir aussitôt par l'autre. Le voir partir me soulageait et nous ferait du bien à tous.

Quand il était rentré, il n'avait pas dit un mot sur son intervention. Comme on s'était pris le bec l'avant-veille, je croyais qu'il continuait à me faire la tête, parce qu'il avait vraiment la mine des mauvais jours. Il était fermé, mutique. Je pensais qu'il valait mieux attendre qu'il retrouve sa langue.

Allongée sur la terrasse, je me reposais et profitais des rayons du soleil de fin d'après-midi. Je tentais de décompresser, de renouer avec un calme très relatif et une solitude nécessaire ; entre le regain de peur et l'état de tension intérieure auxquels j'avais été exposée les dernières semaines, j'avais eu très peu de répit. Une bonne nouvelle avait toutefois éclairé ma journée : après de longs mois d'attente, Antoine avait obtenu son affectation dans son premier choix de prépa. Était-ce cette perspective qui avait fait germer en moi l'idée ferme d'une séparation ? C'était sans doute l'unique façon de m'en sortir et de me reconstruire. Je savais que je devrais procéder par étapes, afin que Pierre ne se doute de rien. J'étais plongée dans ces réflexions lorsque Laurie a soudain paru devant moi.

— Je voulais juste vous rappeler que, ce soir, je dîne pas ici. Je pars une semaine à Rouen, je rentrerai le dimanche 5 juillet au soir.

— Ah oui, c'est vrai.

— Je vais préparer le dîner.

— Merci, Laurie. Je vous rejoins dans quelques minutes, ai-je ajouté en entendant le claquement de ses tongs s'éloigner vers la maison.

J'avais un mal fou à garder les yeux ouverts, mes paupières étaient si lourdes. Dans une brume, j'ai entendu Polo arriver en criant :

— Maman ! On a ramassé plein de fraises avec Laurie, on pourra les manger ce soir, dis ?

— Oui, mon chéri, à condition de bien les laver.

— Je sais, Laurie me l'a déjà expliqué, s'est-il exclamé en la rejoignant dans la cuisine.

Quand j'ai voulu me lever de ma chaise longue pour gagner la maison, j'ai senti une fatigue intense tout à fait inhabituelle. Quelques secondes plus tard, j'ai eu un léger étourdissement en entrant dans la cuisine. Laurie m'a fait asseoir et m'a donné un verre d'eau. Je me sentais somnolente, légèrement comateuse. Nous avons dîné. Pierre n'a pas desserré les dents. Antoine et Augustin parlaient de tout et de rien. Polo n'attendait qu'une chose : manger les fraises. Anormalement lasse, j'ai quitté la table sans terminer mon repas et suis montée me coucher. Je me suis endormie presque immédiatement.

Je ne me suis jamais réveillée. Le dernier jour de ma vie aura été un jour banal sans éclat ni relief. Comme c'est étrange d'avoir vu ce cortège d'images défiler comme sur une ligne d'horizon, non sans quelques soubresauts d'émotion. C'est étrange de me pencher au-dessus de mon crâne ensanglanté, et de ne ressentir ni douleur ni chagrin, de n'avoir ni envie de savoir ce qui m'est arrivé, ni regret de me voir partir. Plus curieux encore, la peur, qui m'a si souvent tétanisée, n'a aucune place ici.

Quelque chose s'est sans doute opéré en moi. Je ne saurais dire quoi. Comme un détachement peut-être, ou le franchissement d'un cap qui interdit la représentation du passé et d'un avenir, quels qu'ils soient. Il faut oublier la mémoire, l'expérience, la conscience.

Comme si, dans un dernier réflexe, j'absorbais une ultime bouffée d'oxygène avant de sombrer sous la surface de l'eau, je sens que je suis heureuse, libérée, profondément apaisée. Je n'ai plus mal, parce que je m'en vais, je m'efface. Je me sens, non pas comme un corps qui se noie, mais comme un oiseau qui plane au-dessus du monde, survole les rues, les toits de la ville, s'élève toujours plus haut, telle une fumée.

Je ne suis plus visible aux yeux des hommes. Mon esprit se condense en une sorte d'éther glissant au gré des caprices de l'air. J'attends calmement, en partance vers une aube nouvelle, je m'apprête à rejoindre un ailleurs, un autre ciel, une voûte où luit un soleil pâle et doux. Une brume m'enveloppe peu à peu dans une douceur ouateuse et s'étire comme un rideau indéchirable qui me sépare du monde terrestre.

Alors, j'aperçois ceux que j'aime, ils semblent m'attendre. Je ressens un bonheur indéfinissable ! La mort m'aura au moins appris une chose : les liens d'amour sont plus forts que tout.

Pierre

Je suis parti le jour même. J'ai roulé comme un fou. Un homme perdu. J'ai fait le trajet d'une traite, dépassant allègrement les vitesses autorisées pour arriver le plus vite possible à La Rochelle.

La voix à l'autre bout du fil résonnait encore dans mes oreilles, celle de l'officier de gendarmerie. Elle était entrée dans ma tête comme une balle, et avait produit une déflagration mentale irréversible. Il m'avait suffi de capter les mots qui déchirent les entrailles, les mots qui tuent – « découverte du corps », « suicide probable », « décès » –, pour savoir que ma vie venait de s'arrêter.

Quand je suis arrivé, il y a eu les formalités d'usage, la vérification de ma pièce d'identité. Puis on m'a fait entrer dans le bureau d'un responsable, un homme au regard sévère. Le commandant Cordier ou Corbier, je ne sais plus. Il m'a salué, s'est présenté, m'a prié de m'asseoir, m'a regardé d'un air dubitatif.

— Vous êtes venu seul ?
— Oui.

Seul, ça je l'étais. J'ai menti sur la raison de mon déplacement à Marie-Ange. Si elle avait appris la vérité, elle serait devenue folle. Tout au fond de moi, je me sentais responsable du geste de Nicolas. Alors, j'ai gardé ça pour moi, j'ai voulu la protéger, épargner les enfants. Cela peut paraître incohérent, je sais... J'étais anéanti.

Le commandant a eu un air plus grave encore. Il a énoncé les faits et s'est mis à lire un extrait du rapport qu'il avait sous les yeux.

— « Le 25 juin 2020, vers 8 h 15, le corps sans vie de Nicolas de Jarnac, 20 ans, domicilié au 36, rue de la Liberté, au foyer des Hirondelles à La Rochelle, a été découvert par M. Jeff Larivière, qui occupe la chambre voisine de celle de la victime. Le corps de Nicolas de Jarnac était suspendu au radiateur de sa chambre par un lacet de chaussure de sport. M. Larivière a prévenu immédiatement Jean-Pierre Lagrange, directeur du foyer qui, après constatation du décès, a appelé les secours. Après examen du corps et des lieux environnants, le Dr Sanchez dépêché par les pompiers a confirmé le suicide et délivré le certificat de décès. »

L'officier a relevé la tête et m'a regardé fixement.

— Monsieur de Jarnac, une enquête vient d'être ouverte pour rassembler les éléments qui pourraient permettre de déterminer les causes de ce suicide. D'après vous, quels seraient les motifs susceptibles d'expliquer le geste de votre fils ?

Un vertige puissant m'a saisi. En entendant la voix de cet homme énoncer les faits et poser les questions si froidement, j'ai eu l'impression étrange de sombrer dans un puits sans fond, dont, je le savais déjà, je ne réchapperais pas. Comment répondre à cette question ? Ce fils aimé, ce fils haï, ce fils renié, presque oublié, je l'avais jeté dehors dix-huit mois plus tôt. Depuis, j'avais volontairement rompu tout contact avec lui, j'ignorais tout de sa vie, ce qu'il faisait, où et comment il vivait. Le passé me rattrapait, et mon incapacité à assumer mon rôle de père me revenait à la figure comme un boomerang lancé à pleine puissance. Les mots sont pourtant venus et j'ai lâché quelques bribes.

— Je ne sais pas... Je ne peux pas... Je crains de ne pas pouvoir vous répondre. Pour tout vous dire, nous n'avions plus aucun contact.

— Depuis combien de temps ?

— Depuis fin 2018. Après une grosse dispute. Ensuite, je n'ai plus eu de nouvelles...

L'officier s'est frotté le menton lentement, a consulté des documents dans sa pochette, puis a repris :

— Vous ignoriez qu'il vivait depuis un an à La Rochelle dans un foyer pour jeunes travailleurs, n'est-ce pas ?

— Oui, je l'ignorais.

— Donc, vous ignoriez également qu'au préalable il avait séjourné pendant environ six mois à La Baule avec une certaine Aurore Lafontaine, dans une maison appartenant aux Leclerc ?

— Oui... Je l'ignorais complètement. Je n'ai jamais entendu ce nom, « Leclerc ». En revanche, Aurore Lafontaine, je vois tout à fait qui c'est : nous l'avions engagée en septembre 2018 comme baby-sitter. Nous l'hébergions chez nous en contrepartie. Sauf qu'elle a tapé dans l'œil de Nicolas et... Un jour, je les ai surpris ensemble en train de...

Soudain les images se sont superposées comme des flashes, une fulgurance : Aurore avait des traces de poudre sous le nez, Nicolas la fixait avec un sourire béat. Comment expliquer à cet homme la rage qui s'était emparée de moi à ce moment-là ?

— ... Enfin, vous voyez, ils déraillaient complètement. J'étais tellement en colère, je les ai mis à la porte ! Je ne sais pas ce qui m'a pris.

— Fin 2018, avez-vous dit ?

— Oui. La veille des vacances de Noël. Si j'avais su, si seulement j'avais su...

L'officier a de nouveau consulté son dossier.

— Les relevés de son portable indiquent qu'il était, entre autres, régulièrement en contact avec des numéros identifiés comme étant ceux de votre épouse, de ses deux frères cadets et d'Aurélien Lavigne. Étiez-vous au courant ?

— Non, je l'ignorais, mais...

— Mais ?

— Je me doutais qu'il était resté en contact avec eux.

L'officier s'est râclé la gorge et a repris, après un temps de silence :

— Le médecin légiste a également observé que votre fils présentait une maigreur anormale. À ce stade, nous devons poursuivre notre enquête. Après quoi, le corps sera restitué à votre famille sur décision du substitut du procureur de la République. Je vais toutefois devoir vous demander de vous rendre à l'institut médico-légal pour identifier formellement son corps.

L'officier m'a ensuite précisé que diverses analyses et auditions étaient en cours. Dès que les conclusions seraient disponibles, nous serions tenus informés.

Un institut médico-légal est le pire endroit qui soit. J'aurais voulu ne jamais y pénétrer. On m'a fait entrer dans une petite pièce sans fenêtres.

Il était là, sur une table d'examen. Étendu, inerte, devant moi. Il était très amaigri, avait beaucoup changé, mais c'était bien lui. Une barbe avait envahi son visage, ses cheveux avaient poussé, ses boucles blondes formaient une auréole autour de sa tête. Un prince déchu. J'ai remarqué avec stupeur ses traits crispés par la douleur. Il avait donc souffert dans ses derniers instants. Sur son front, sur les ailes de son nez, de petites croûtes de sang séché.

Comment en étions-nous arrivés là ? Soudain, Nicolas a surgi devant mes yeux. Il était enfant et courait sur la plage de Carnac, dressait des forteresses de sable armé de son seau et de sa pelle, ramassait des coquillages, jouait au chef indien avec Antoine et Augustin, pédalait sur son premier petit vélo blanc, c'était hier.

Je suis ensuite revenu à ce point de rupture. J'aurais voulu réparer, reconstruire, je ne sais pas quoi exactement. J'ai imaginé un début de retrouvailles ; très vite, la vision s'est dissipée. Plongé dans la solitude de ceux qui ont tout perdu, j'aurais voulu pouvoir hurler mon désespoir, ma colère, ma douleur. Au lieu de cela, je suis resté debout immobile, raide, silencieux.

Dans le silence absolu de ce lieu glaçant, ce face-à-face me renvoyait à moi-même, à mes actes, à mes erreurs inexcusables, à mes manquements graves, à tout ce que j'avais raté. La conclusion était sans appel : j'étais passé à côté de l'essentiel, je n'avais pas su aimer ce fils tel qu'il était. Il ne s'intéressait qu'au théâtre, à la poésie et à la littérature. Ce n'était pas ce que j'attendais de lui. J'avais eu tort, je le savais. J'avais toujours été un mauvais garçon. Pire que cela, j'étais un mauvais père. Je ne l'avais pas laissé faire ce qu'il voulait, exploiter ses dons. Parce que cette engueulade avait été un prétexte, c'était allé trop loin...

J'étais là, comme un con devant son corps, je portais la responsabilité indirecte de son suicide, je savais que ces minutes étaient les pires de ma vie. Malgré cela, j'étais incapable de prononcer un mot, rien ne sortait de ma bouche. J'étais bloqué. Je n'avais pas de larmes, rien. Au bout de quelques minutes, un officier a paru sur le pas de la porte, il m'a regardé. C'était fini, je devais quitter les lieux.

— C'est bien lui, ai-je dit.

— Merci, monsieur, a-t-il répondu, les yeux baissés.

Je suis sorti de là complètement brisé, détruit, envahi par un sentiment de totale impuissance, de solitude extrême et de profonde perdition. J'ai passé un temps infini, sur un banc dans un square, la tête entre mes mains. Attaqué, piégé de toutes parts, tel un vieux buffle qui s'écroule, assailli par les lionnes. Je gisais dans la poussière, viscères exposées, prêt à servir de repas aux fauves.

Je n'ai pas vu la nuit tomber. Autour de moi, l'espace se resserrait. Devant moi, l'obscurité totale. Si j'avais pu me regarder dans une glace, j'aurais vu la terreur inonder mes yeux et le mal-être me dévorer. Ma petite voix intérieure, terrifiée et affolée, a pris toute la place. Partir, il fallait repartir.

Avec l'énergie du désespoir, j'ai quitté le square. J'ai fini par retrouver ma voiture garée quelque part, je ne savais plus où, et me suis assis derrière le volant pour reprendre la route dans l'autre sens. J'ai trouvé la force de garder les yeux ouverts, alors que je ne pouvais plus regarder l'horizon et me dire qu'il y en avait un. Non, il n'y en avait plus, parce que je savais que l'image de mon propre futur était une impasse et que j'allais au-devant d'un naufrage inévitable. Le monde était devenu inhabitable, je n'y avais plus ma place. J'avais mis du désordre partout autour de moi, je n'avais plus de prise sur rien, il fallait en finir avec cette vie qui, à force de mensonges, de faux-semblants, de dissimulations, n'était plus qu'un terrain miné en passe de devenir un champ de ruines. Par ma faute.

Annoncer le suicide d'un fils, d'un frère, c'était de l'ordre de l'insoutenable. On ne peut pas dire la mort. La porter sur ma conscience, c'était insupportable, je ne pouvais l'envisager. De même, je ne pourrais pas faire porter ce fardeau à ma famille. La seule issue était de les soustraire à la souffrance... Je devais m'y résoudre. Il n'y avait pas d'autre voie, pas d'autre solution.

À cet instant-là, l'idée m'est apparue, elle a doucement pris forme dans mon esprit. Peu à peu, il est devenu évident que c'était ce que je devais faire et, étrangement, cela ne voulait pas dire que c'était ma volonté. Non. Un autre avait pris barre sur moi. Je me sentais un peu comme le roi d'un jeu d'échecs qui, menacé de toutes parts, n'a plus qu'une seule case où aller. Objectivement, je savais que la partie était perdue. J'aurais dû abandonner, renoncer, mais j'ai tout de même avancé jusqu'à cette case, ne serait-ce que pour voir comment mon adversaire me piégerait. Mais qui était cet adversaire, sinon moi-même ?

La peur m'a envahi. J'ai perçu son goût dans ma bouche, son odeur qui suintait à travers les pores de ma peau, sa puissance qui me broyait les tripes. Tous mes organes étaient en alerte, une force terrifiante me poussait à faire le pire choix de ma vie. Cela s'est produit en quelques secondes : un déclic. Je n'ai fait que réagir, obéir à une obscure pulsion, une pulsion souterraine. Une fois la décision validée par mon cerveau, le processus s'est enclenché, j'ai franchi une ligne interdite, un point de non-retour. J'ai quitté ma carapace humaine pour faire face à l'insupportable et tenir jusqu'au bout. J'ai élaboré un plan et me suis contenté de le suivre, étape par étape, sans émotion, sans pensée parasite, sans douleur. Je me suis déconnecté de moi-même, me métamorphosant en une sorte de robot téléguidé, répondant mécaniquement aux injonctions d'une voix intérieure toute-puissante ou d'une nébuleuse au-dessus de moi, exécutant les ordres pour aboutir à une résolution finale avec méthode, logique et précision.

Je suis conscient de l'horreur de ce processus, c'est pourtant ainsi que les choses se sont passées. Je n'ai pas d'autre explication et j'accepte de ne pas tout comprendre, car tout ne s'explique pas. Il y a des choses qui sont à la limite du rationnel et de l'entendement. Le plus incroyable, c'est que je n'ai aucun souvenir de ce moment, entre le soir où j'ai quitté La Rochelle et l'instant présent, où je me vois mort, en train de flotter au-dessus de mon corps baignant dans une mare de sang. Il y a un blanc dans ma mémoire...

À présent, je peux le dire, je sens que la fin approche. C'est angoissant, terriblement angoissant. Je me sens brutalement arraché à mon corps et suis emporté non pas entre ciel et terre, mais en un lieu sans nom, sans lumière, sans chaleur. Soudain, me voilà qui erre au-dessus d'une effrayante immensité, un désert de glace balayé par des vents violents. Et, alors, j'ai la conviction, je ne sais pas pourquoi, que je ne trouverai pas le repos en ce lieu plus froid qu'une banquise. Non, je ne trouverai pas le repos, je ne connaîtrai ni paix ni répit, car déjà des flopées de créatures monstrueuses me poursuivent, m'empoignent, me cognent et me griffent. Devant moi surgissent de cruelles images qui me terrorisent et me torturent. La peur et la désolation sont les maîtresses de ce royaume étrange. Je voudrais mourir mille fois, mais je suis déjà mort. Et maudit.

II

Guillaume Deschamps, collègue de Pierre de Jarnac

Extrait du procès-verbal d'audition

« En fin de compte, les personnes qui ont occupé ce poste avant Pierre n'ont fait que passer. Il y a quatre ans, c'était Stéphane Perrier. Lui est resté à peine six mois. Pareil pour Gérard Leborgne, parti après huit mois. Après eux, il y a eu Jean-François Ribérac, le prédécesseur de Pierre. Il a tenu dix-huit mois. Un record ! Il a quitté la société avec pertes et fracas. D'après ce que j'ai entendu dire, on l'aurait poussé vers la sortie. Après un tel turn-over, il faudrait peut-être se poser les bonnes questions. Olivier Blanchard était le supérieur direct de Pierre. C'est le directeur général, accessoirement le protégé du DRH, c'est aussi une personnalité difficile : tout le monde le sait. Avec lui, ça passe ou ça casse. Quand ça ne passe pas, ce qui est fréquemment le cas, on utilise les bonnes vieilles méthodes : objectifs irréalistes, décisions incompréhensibles et contradictoires, augmentation de la charge de travail, intimidation, communication insuffisante, mise à l'écart. Il faut être très fort pour résister. Je le sais, puisque j'ai travaillé avec Blanchard sur de nombreux projets. Il peut très vite vous rendre la vie infernale.

« Pour Jean-François Ribérac, ça ne s'est pas bien terminé. Il a fait une grosse dépression, et même une tentative de suicide. Il s'en est sorti de justesse, ça a pris du temps. Il a vu quelqu'un pour se faire aider. Il a dû suivre un traitement costaud. Maintenant, il fait du coaching. Il paraît qu'il a monté sa boîte. Enfin, lui, il s'en est sorti.

« Pour revenir à Pierre, je sais qu'il avait eu des soucis avec son fils aîné. Il m'en avait touché deux mots.

« Pierre, c'était un gars bien. Il savait motiver ses troupes, mettre en avant ses collaborateurs et tirer le meilleur d'eux-mêmes. Il avait un côté dur, sévère, un peu rigide, c'est vrai. Disons qu'il avait des jours avec et des jours sans. Il lui arrivait de se mettre en colère quand les résultats se faisaient attendre, mais il était réglo avec ses gars, il savait récompenser les efforts, reconnaître les talents et faire preuve de reconnaissance. Ce n'est pas le cas de tout le monde. Loin s'en faut. Cela dit, les derniers temps, il semblait très préoccupé. C'est délicat de parler de ce genre de choses. Et puis, j'ai changé de poste et de direction. Nouveaux défis, nouveaux objectifs, beaucoup d'investissement personnel, manque de temps. Forcément, je me suis un peu éloigné de lui.

« Quand on a appris la nouvelle, on a tous été sidérés, sauf Blanchard qui, paraît-il, n'a eu aucune réaction. Je le sais par un collègue qui était en réunion avec lui à ce moment-là. Ça a fait une onde de choc dans la boîte. D'ailleurs, on ne sait pas vraiment ce qui s'est passé. Les gens n'arrêtent pas d'en parler. Ça laisse des traces, des événements pareils. »

Sabine Lacroix,
collègue de Marie-Ange de Jarnac

Extrait du procès-verbal d'audition

« Je suis professeure de physique-chimie. Je connaissais Marie-Ange depuis cinq ans. Nous avons tout de suite sympathisé quand j'ai débarqué dans ce lycée. Je me rappelle, le premier jour, j'étais arrivée très en avance. Il n'y avait encore presque personne. Elle était dans la salle des profs. Elle s'est présentée et m'a proposé un café. Elle m'a expliqué l'organisation et le fonctionnement de l'établissement dans ses grandes lignes. Et comment manœuvrer avec le proviseur un peu pète-sec, son adjointe dépressive, le directeur des études lèche-bottes, les conseillers d'orientation un brin tire-au-flanc. " Et pour le reste, tu verras ", m'avait-elle dit.

« J'ai vu. On a vite été d'accord sur un tas de choses. La plupart du temps, nous avions les mêmes classes de terminale : cela nous a beaucoup rapprochées. L'idée était de créer des ponts entre nos deux disciplines, par exemple entre la fonction logarithme en maths et le son en physique, les fonctions dérivées et la mécanique. Nos élèves adoraient ça, et nous aussi. Grâce à cette façon de travailler, ils découvraient les applications concrètes de ces matières scientifiques pas évidentes à appréhender. Le petit plus, c'est que cela leur permettait d'être très à l'aise aux épreuves du bac. Comme ils nous rapportaient des rafales de mentions, nous étions aux anges !

« Un matin, en arrivant dans la salle des profs, j'ai trouvé Marie-Ange en pleurs. J'ai essayé d'en savoir un peu plus, seulement elle n'a rien voulu me dire. Elle avait pris un sale coup à l'arcade sourcilière, qu'elle avait tenté de dissimuler sous une épaisse couche de fond de teint. Je lui ai dit que je connaissais ce genre de problème, ayant vu ma propre mère subir pendant des années la violence de mon père, jusqu'au jour où nous nous étions réfugiées chez ma tante. Elle a relevé la tête. Quelque chose avait changé dans son regard.

« Elle m'a demandé de ne pas l'ébruiter. Je lui ai dit qu'elle pouvait compter sur moi en cas de besoin et qu'elle ne devait pas hésiter à me contacter, elle avait mon numéro de portable.

Elle ne m'a jamais appelée. »

Mme Lebrun,
voisine de Pierre et Marie-Ange de Jarnac

Extrait du procès-verbal d'audition

« Je me souviens de cette fin de nuit de juin. La lumière des gyrophares nous a réveillés. Il devait être 6 heures. Nous avons ouvert les volets et vu les voisins d'à côté en robe de chambre sur le trottoir d'en face, en train de discuter avec un officier de police. Mon mari est descendu voir ce qui se passait. "Il y a eu un drame, ils ne peuvent pas en dire plus", m'a-t-il dit en remontant.

« Un peu plus tard, quand on a appris la nouvelle, on n'en revenait pas. Qui aurait pu imaginer une chose pareille ? Tous les voisins de la rue étaient sous le choc. Il y avait vraiment de quoi.

« On n'arrive toujours pas à y croire. Dire qu'on se croisait presque tous les jours. Nos enfants étaient dans les mêmes classes. C'étaient des voisins tellement charmants, serviables, aimables... Combien de fois m'ont-ils dépannée ? Ils emmenaient nos enfants à l'école, me faisaient des courses, nous prêtaient des outils de jardin ou arrosaient les plantes pendant nos congés. Ils avaient le cœur sur la main. Chaque fois qu'ils revenaient de Bretagne, ils nous rapportaient du cidre ou des petits gâteaux. Elle était prof de maths et, en plus de ses heures au lycée, elle donnait des cours gratuitement à des enfants en difficulté. Elle avait un côté un peu guindé comme ça, au premier abord, mais il fallait bien la connaître. Sous ses allures bourgeoises, c'était une femme généreuse. En plus d'être le genre de femme sur qui on se retourne dans la rue. Silhouette parfaite, visage aux traits fins et délicats. Une élégance naturelle. C'était ce qu'on appelait une belle femme. Lui était avenant, aimable, ouvert d'esprit. Ils étaient parfaitement assortis ! Les enfants étaient très bien éduqués.

« Il n'y a pas à dire, c'étaient des gens bien, adorables. Ce qui n'empêche... Personne n'a compris ce qui s'est passé. En même temps, on n'est pas dans la vie des gens. On s'imagine que tout va bien. En fait, on n'en sait rien. C'est partout pareil, il y a ce que l'on voit, ce que l'on croit, et la réalité. À mon avis, soit on n'a rien vu, soit ils jouaient très bien la comédie. »

Commandant Wagner

La porte de l'appartement se referme derrière moi avec un bruit mat. Je suis saisi par l'odeur de renfermé régnant chez moi. Évidemment, je suis souvent absent. Je laisse tomber ma sacoche dans l'entrée. Fin du week-end. Je retrouve le désordre accumulé depuis des semaines dans mon trois-pièces, la propreté relative du salon-bar-cuisine, où ma vaisselle de père intermittent s'empile sur l'égouttoir en plastique, et ma paperasse sur la table basse.

Le point positif du week-end, c'est que j'ai passé du bon temps avec ma petite Camille. Les manèges, les animations du parc, les boutiques, les restaurants, on a tout fait. À chaque fois, il faut faire les mêmes choses. Dans l'ordre habituel. On mange des barbes à papa, on fait la queue à tous les stands, on monte dans les machines volantes, les trains fantômes, on va voir les animaux, on leur donne des vieux quignons de pain. Au restaurant, on prend le menu *fried-chicken*-chips + glace + Coca-Cola ou Fanta orange. La routine, c'est rassurant pour les gosses. Le soir, on rentre claqués par la journée passée à cavaler. Hier soir, Camille s'est endormie comme une souche. Je l'ai déposée sur son lit tout habillée ! Je n'ai pas osé lui mettre son pyjama de peur de la réveiller. Dieu que c'est beau un gosse qui dort. Et ma Camille, elle est juste magnifique. Dire qu'on vient de fêter ses six ans. Cela devient sérieux. Entrée au CP, apprentissage de la lecture, de l'écriture, des bases du calcul. Ouah ! J'ai l'impression de l'avoir vue naître hier. Quel vieux con je fais.

Toujours est-il que je me retrouve dans cet appartement un peu trop silencieux. C'est un peu déprimant. Je préfère fermer la porte de sa chambre quand elle est chez sa mère.

Je vais dans la cuisine et prends une bière dans le frigo, ouvre un paquet de chips au bacon. Je m'installe sur le canapé et allume la télé. C'est l'heure des infos. Le Covid, encore et toujours. Cette galère dont on ne voit pas l'issue ! Heureusement, on est sortis du confinement depuis deux mois et on recommence à vivre un peu plus librement, même si tout n'est pas revenu à la normale.

Près de deux heures plus tard, j'ouvre un œil devant la fin d'une série policière américaine. Visiblement, j'ai piqué un roupillon. Il faudrait que je fasse un brin de toilette et range quelques bricoles avant d'aller me coucher. Je n'ai pas le courage. Je pense à ce qui m'attend demain... Je n'ai vraiment pas hâte d'y être.

Inconsciemment, mon cerveau se branche sur les affaires en cours. Je repense à ce dossier hors norme. Le genre d'affaire dont la presse raffole, un truc bien glauque dans une ville bien bourge. Une tuerie comme celle-là, on dirait que ça excite les journalistes. Plus c'est sinistre, plus ils aiment. Ça fait les gros titres, ça change des chiens écrasés et, surtout, ça fait vendre. Par chance, ça n'arrive pas tous les jours ! Non, je n'ai pas hâte d'être à demain, parce qu'ils vont tous me tomber dessus et me demander des comptes sur cette enquête qui avance lentement mais sûrement... Je l'avoue, ça me met en lumière, mais je préfère les affaires un peu moins sensationnelles. En général, on a droit aux bastons du samedi soir, aux mecs bourrés ou drogués qui roulent sans permis ni assurance, aux cambriolages, aux magouilles de petites frappes, aux règlements de comptes entre dealers de quartiers. Mais on peut avoir de la grosse castagne aussi, faut pas croire, les armes blanches étant leur arme de prédilection. Bref, le quotidien. Pas de quoi se prendre la tête.

Cette fois, c'est quand même du lourd. Une famille exécutée. Sauf le fils aîné – un gosse de vingt ans. Enfin, pour lui aussi, ça a mal tourné. Il s'est suicidé fin juin, dans la nuit du 24 au 25. Ce jour-là, le 25 donc, le père a débarqué à la gendarmerie de La Rochelle et a été reçu par le commandant Cordier. Le 28, à 4 heures du matin, une certaine Laurie Delcour a appelé les secours après la découverte des corps des autres membres de la famille dans leur maison de Versailles.

Le lien entre les deux, c'est quoi? Et on a qui pour comprendre ce bordel? Les témoins, il n'y en a pas tant que ça. Dans la famille proche, il y a le cousin, Mathieu Laborde. Il a parlé d'une histoire de dette réclamée à Pierre de Jarnac et qu'il n'avait d'ailleurs pas encore récupérée. Il a avoué à demi-mot que son cousin avait « un peu la folie des grandeurs, qu'il dépensait sans compter, qu'il avait un côté flambeur ». Denise Laborde, la tante, nous a expliqué pas mal de choses, qui permettent d'y voir un peu plus clair.

Sinon, dans la famille, on a qui? Jean-Baptiste de Jarnac, le frère, expatrié en Chine. A priori, les deux frères sont fâchés depuis la succession des parents. Pas grand-chose de ce côté-là. Après, on a Jean Lebon, frère de Marie-Ange de Jarnac, lui habite et travaille à Toulouse. Ça fait des années qu'il a coupé les ponts avec sa sœur à cause de son beau-frère. D'après lui, ce Pierre de Jarnac est le genre qui « se la pète, trop sûr de lui, une grande gueule insupportable ». En bref, incompatibilité d'humeur. On a aussi Claire Lebon, la sœur de Marie-Ange de Jarnac, qui vit et travaille à Ottawa. Elles s'appelaient tous les six mois, et encore. Elles n'ont jamais été proches. Il y a enfin le frère cadet, Philippe Lebon, rebaptisé « frère Clément » dans la communauté monacale où il vit depuis quinze ans, en Ardèche. Les parents de Marie-Ange de Jarnac sont décédés dans un accident de voiture il y a dix ans. Donc, de ce côté-là, pas grand-chose non plus. Disons que ces éléments ont peut-être accentué la solitude de la mère, sa fragilité, sa dépression.

On a Laurie Delcour, la dernière baby-sitter en date. Elle, elle a été aux premières loges pendant neuf mois, elle nous a livré pas mal d'infos. Je vais la reconvoquer pour clarifier quelques détails. Curieusement, elle ignorait que Nicolas était le fils aîné de la fratrie. Elle croyait que c'était un neveu. C'est ce que le père lui aurait affirmé. Elle ne s'est pas posé de questions. La petite annonce de recrutement précisait qu'il y avait trois enfants. Comme si ce premier fils n'existait pas. Pourquoi l'avoir caché ? Laurie dit avoir vu traîner un grand type blond dans le quartier sans savoir qui il était. Elle l'a surpris une fois avec la mère dans un café. Bien sûr, elle avait trouvé ça bizarre. Quand on lui a montré la photo, elle l'a tout de suite reconnu.

Passons aux collègues du père : ils ont parlé de la grosse pression dans la boîte à cause de la réorganisation, des futures suppressions de postes (dont le sien), du Covid qui a exacerbé les tensions et fait chuter les résultats, de ses difficultés relationnelles avec son supérieur, un certain Blanchard. On a l'habitude. Dans toutes les boîtes, il y a presque toujours un pervers narcissique ou un dominant pour vous pourrir la vie ou vous barrer la route.

En ce qui concerne les collègues de la mère, certains ont parlé de son air triste et parfois absent. Les autres n'ont rien noté de particulier.

Les portables, qu'est-ce qu'ils disent ? On remarque que Nicolas est resté en contact avec sa mère, mais pas tout le temps, loin de là. Surtout après son départ, il y a eu un grand blanc. D'après la lecture des SMS, ils étaient plutôt proches. Même chose avec les frères cadets, Antoine et Augustin. Ces derniers échangeaient souvent avec Nicolas, à qui ils se plaignaient de subir une trop grande pression de la part de leur père. Apparemment, sa nouvelle tête de turc, c'était Antoine. Pierre de Jarnac n'avait aucun contact avec son fils aîné. De toute façon, on exploitera tous les contacts.

J'ai bien une petite idée sur le lien entre ces deux dossiers. Pour ça, j'attends les résultats du labo et de la balistique.

En tout cas, quand on met tout ça bout à bout, ça ressemble à une conjonction de mauvais hasards… Une famille presque ordinaire de Versaillais catho mais pas trop. Contrairement aux apparences, pas si riches que ça, vu leur situation bancaire très dégradée, plutôt surendettés qu'endettés, d'après le banquier. Un père autoritaire frustré, sous pression dans son boulot, aux abois financièrement ; une mère épuisée, dépressive. On ajoute la rupture avec le fils aîné, la perte d'un enfant en bas âge il y a quelques années – et ne parlons pas des problèmes du quotidien, les gamins à gérer, la fatigue. J'allais oublier la crise sanitaire et le confinement, ça a dû les mettre à cran... Quand on fait l'addition, il suffit d'une étincelle. Pas étonnant que le père ait eu un penchant pour l'alcool et que la mère ait tenu le coup grâce aux antidépresseurs.

Qu'est-ce qu'il nous reste ? Les baby-sitters embauchées avant la petite Laurie. En creusant de ce côté-là, je suis sûr qu'on pourrait apprendre des choses intéressantes sur Nicolas. Son départ a dû semer un sacré bazar dans la famille. J'en suis sûr : c'est lui le nœud de l'histoire.

Presque minuit. Je n'ai pas envie de dormir. Sur l'écran de télé, les séquences s'enchaînent, les animateurs ont une pêche d'enfer, comme si la nuit n'existait pas pour eux. Je m'extirpe du canapé et passe dans la salle de bains. Après une rapide toilette je me mets au lit, j'attrape un polar sur la table de nuit et commence à bouquiner. Je sens mes paupières s'alourdir. J'avale un Stilnox. J'éteins la lumière. Je ferme les yeux. J'attends quelques minutes que le sommeil m'emporte. Je me tourne dans tous les sens. Rien. Les images du week-end défilent et se mélangent avec celles de mon dossier. Je voudrais juste dormir. Je n'y arrive pas. J'ouvre un œil. Le réveil indique 2 heures du mat'. Je me relève, vais dans la salle de bains me passer de l'eau sur le visage. Je regarde ma tronche dans la glace. J'ai vraiment une sale gueule avec mes traits tirés, mes cernes, mes yeux gonflés. J'entends déjà les réflexions de mes collègues : « C'est pas la chevauchée des Walkyries, ce matin, Wagner ! » Je suis habitué à leurs blagues à deux balles, ça les fait rire, j'y peux rien. Je les laisse dire. Qu'est-ce que je peux faire d'autre ? Je reprends un Stilnox.

Quand le réveil sonne, je suis assommé par l'alarme qui me transperce les oreilles.

C'est lundi. Tout redémarre. Mets ton masque et fais bonne figure, Wagner, me dis-je en m'aspergeant le visage d'eau fraîche devant le miroir de la salle de bains.

Chloé Girard

J'ai été convoquée par le commandant Wagner. J'étais plutôt stressée d'être entendue dans le cadre d'une enquête pour homicides – et j'étais toujours sous le choc de l'horrible nouvelle. Quand je suis arrivée, le type m'a tout de suite mise à l'aise avec son air fatigué mais avenant et son regard doux derrière ses petites lunettes de prof. Un peu plus, j'aurais presque oublié pourquoi j'étais là. Il m'a souri et m'a demandé de m'asseoir.

— Vous avez été employée par M. et Mme de Jarnac en 2019, pouvez-vous m'indiquer les dates exactes de votre contrat, je vous prie ?

— Oui, j'ai commencé à travailler chez eux à la mi-janvier 2019 et je suis restée jusqu'au 15 juillet 2019.

— Comment avez-vous trouvé ce poste ?

— Sur un site d'annonces.

— Et l'annonce, qu'est-ce qu'elle disait ?

— En gros, ils proposaient l'hébergement dans un studio en échange de services ponctuels de ménage, de cuisine et de baby-sitting, il fallait s'occuper de Paul, le petit dernier qui avait quatre ans.

— Saviez-vous pourquoi ils recherchaient une personne en cours d'année ?

— Ils m'ont dit que la baby-sitter précédente était partie du jour au lendemain.

— Ont-ils évoqué les raisons de ce départ ?

— Non, je sais seulement qu'elle s'appelait Aurore, ce sont les deux aînés qui me l'ont dit. D'ailleurs, quand j'ai emménagé dans le studio, j'ai trouvé quelques affaires oubliées : des vêtements, des produits de toilette et une paire de boucles d'oreilles. J'en ai parlé à Mme de Jarnac pour savoir s'il y avait moyen de les faire parvenir à cette fille. Elle les a prises et m'a dit qu'elle verrait ça. Et puis...

— Et puis ?

— Un jour, j'ai trouvé un sachet de poudre et une barre de shit dans l'un des tiroirs de la salle de bains. Ils étaient sûrement scotchés sous le lavabo et ont dû se décoller, c'est comme ça qu'ils ont atterri dans le tiroir...

— Vous avez fait une déclaration à la police ?

— Non.

— Pourquoi ?

— Je ne sais pas.

— Vous en avez parlé au père ou à la mère ?

— Non plus.

— Vous en avez fait quoi, de la came ?

— Je l'ai jetée dans les toilettes.

— J'espère que vous dites vrai. Bon, reprenons. Vous vous occupiez de Paul ?

— C'est ça.

— Est-ce que l'annonce mentionnait le nombre d'enfants ?

— Bah, oui, trois. Pourquoi ?

— Les deux aînés, comment s'appelaient-ils déjà ?

— Antoine et Augustin.

— Vous n'avez jamais entendu parler d'un certain Nicolas ?

— Non, ça ne me dit rien.

— Connaissez-vous ce jeune homme ? m'a-t-il demandé en me glissant la photo d'un grand blond sous les yeux.

— Non, je ne l'ai jamais vu.

Il a rangé la photo dans son dossier.

— Comment décririez-vous cette famille ?

— C'est-à-dire ?
— Harmonieuse, unie, heureuse, sympathique ?
— Euh, je ne dirais pas ça, non. Je ne sais pas comment l'expliquer, on sentait une tension. Les parents se disputaient fréquemment. Entre eux, c'était plutôt électrique.
— Saviez-vous à propos de quoi ils se disputaient ?
— J'ai cru entendre qu'ils avaient des problèmes d'argent. Le plus souvent, c'était quand même à cause des résultats scolaires des enfants, ce sujet revenait tout le temps sur le tapis.
— Et cette famille, comment était-elle avec vous ? Tout se passait bien ?
— Disons qu'ils étaient corrects, mais ils gardaient leurs distances.
— Un peu froids ?
— On peut dire ça.
— Et avec le petit Paul, comment ça se passait ?
— Bien. C'était un enfant très attachant. Les premiers temps, il dormait mal. Le matin et le soir, il prenait des gouttes homéopathiques qui étaient censées le détendre.
— Les parents vous ont-ils parlé de l'origine de ces problèmes de sommeil ?
— Non.
— Est-ce que cela s'est amélioré avec le temps ?
— Un peu, mais il restait nerveux, anxieux. Je ne sais pas pourquoi.
— Anxieux, c'est-à-dire ?
— Bah, il avait des plaques d'eczéma aux plis des coudes et des genoux. Parfois, ça le démangeait tellement qu'il se grattait jusqu'au sang ! Il avait aussi des crises de larmes et, dans ces moments-là, il était pris de gros spasmes.
— Et les deux aînés, quelles étaient vos relations avec eux ?
— Ils étaient inséparables. C'est un peu comme avec les parents, ils gardaient leurs distances avec moi.
— La famille avait-elle de bonnes relations avec le voisinage ?
— Oui, pas de souci.

— Y a-t-il quoi que ce soit d'autre qui vous vienne à l'esprit ?
— Euh... Le père avait un penchant pour l'alcool. Comme je vous l'ai dit, il mettait une grosse pression sur les aînés, il leur répétait : « Vous ne devez pas vous contenter d'être bons, vous devez être les meilleurs. » Pour moi, il était plutôt mal placé pour leur faire la morale.

L'officier a acquiescé.

— Si un détail vous revient, n'hésitez pas à me rappeler.

Je suis sortie de là toujours aussi perturbée et choquée. Des tas de souvenirs ont resurgi sur le chemin du retour, et j'ai éclaté en sanglots. Je pensais à Paul. Cela m'a fait froid dans le dos de savoir que cet enfant avait été assassiné avec toute sa famille. Cela me semblait incroyable, presque surréaliste.

Aurore Lafontaine

Le type me regardait avec son air de chien battu et sa barbe de trois jours. C'est clair que je l'aimais encore, Nico ! Il a cru quoi, ce flic, qu'on pouvait oublier son premier amour comme ça ? Entendre ses salades qui ressemblaient à un gros titre d'*Ici Paris*, ça m'a ravagée. Moi, je ne parvenais pas à croire ce qui était arrivé. Il m'exaspérait avec ses questions à deux balles. Je lui ai répondu pour avoir la paix. De toute façon, je n'avais pas trop le choix.

— Oui, j'avais trouvé ce job par annonce.

— Oui, j'avais bien été embauchée chez les Jarnac en septembre 2018 pour faire du baby-sitting et pour rendre quelques services domestiques en échange d'un logement.

— Oui, il y avait bien quatre enfants : Nicolas, 18 ans, Antoine, 16 ans, Augustin, 14 ans et Paul, 4 ans. Non, l'ambiance n'était pas top dans cette famille.

— Oui, le père mettait une pression folle sur Nico pour qu'il s'inscrive en prépa après le bac. Et pas que sur lui, d'ailleurs.

— Et donc ? m'a-t-il demandé en plantant son regard dans mes yeux.

— Donc, entre le père et le fils aîné, c'était explosif. Nico rêvait de théâtre, de littérature, tandis que son père le voyait dans les affaires, le business... Nico, homme d'affaires, n'importe quoi ! Le père ne faisait que projeter ses fantasmes sur son fils, c'était tellement classique que c'en était caricatural. Évidemment, ça ne pouvait pas coller, évidemment ça clashait tout le temps...

— Vous étiez amoureuse de Nicolas ?

Pourquoi revenait-il à la charge avec cette question indiscrète ? Je n'avais pas envie de lui dire que ça avait été le coup de foudre entre nous, ça peut paraître cliché, mais c'est vrai. J'ai baissé la tête et essuyé mes larmes. C'était plus fort que moi. Il m'a tendu une boîte de Kleenex. J'ai fini par répondre.

— Oui, et c'était réciproque, si vous voulez savoir.

— Et donc, un jour, vous avez été découverts ?

— C'est ça. Et là, quand le père nous a trouvés ensemble, il a pété un câble.

Jarnac m'a traitée de petite pute, de salope, j'ai cru qu'il allait nous tuer. Nico m'a dit : «Allez, on se casse d'ici !» En quelques minutes, on a foutu nos affaires dans un sac et on s'est tirés comme des voleurs. Quand on s'est retrouvés dehors, la mère de Nico hurlait par la fenêtre, c'était affreux. À un moment donné, j'ai cru qu'il allait faire demi-tour. On a marché jusqu'à la gare. On a pris le dernier train pour Paris. Arrivés à Montparnasse, on a traîné le long des quais déserts et on s'est installés dans une salle d'attente crasseuse. Le lendemain matin, j'étais un peu crevée. Nicolas n'avait pas dormi. J'essayais d'échafauder un plan. J'ai pensé à la maison de vacances des parents de Marie, ma meilleure copine, chez qui j'avais séjourné plusieurs étés de suite. Deux SMS plus tard, on prenait des billets de train pour La Baule avec l'argent que j'avais mis de côté. On a débarqué là-bas par une journée claire et ensoleillée. J'ai eu l'impression d'arriver au paradis. Nico était moins enthousiaste, je ne sais pas pourquoi. «C'est un endroit sûr, ici ?» il m'a demandé pendant que je cherchais les clés sous les pierres au pied des hortensias fanés.

On a passé l'hiver et le printemps là-bas. Personne ne savait qu'on occupait la villa, à part Marie bien sûr. On n'était pas dérangés par les voisins, toutes les villas aux alentours étaient fermées, la station était quasiment déserte, plutôt morte même. On s'en foutait, on a vécu une période de rêve, je n'ai jamais été aussi heureuse qu'à ce moment-là.

On ne décollait pas du lit. Le reste du temps, on se marrait, on regardait des séries, on buvait des bières, du café, beaucoup de café, on mangeait des bricoles qu'on achetait à la supérette du coin, et dès qu'il y avait une éclaircie, on faisait de grandes balades le long de la côte. Souvent, la nuit, je retrouvais Nico la tête plongée dans ses bouquins, des romans étrangers que je ne connaissais pas, j'avoue. Je me rappelle vaguement des plus connus, comme Paul Auster, Jack London, Scott Fitzgerald, Oscar Wilde. Son livre préféré, c'était *Le Portrait de Dorian Gray*. Le côté obscur du personnage le faisait penser à son père. Nico disait que ce dernier finirait mal. À force de picoler, de raconter ses conneries, de tomber dans ses délires parano, il ne pourrait plus se regarder dans une glace, lui non plus.

— Pendant toute cette période à La Baule, a repris le flic, lui arrivait-il de parler de sa famille ?

— Il parlait souvent de sa mère et de ses frères. Il les adorait. Il était régulièrement en contact avec eux. Il a su par Antoine que sa mère avait rechuté suite à son départ. Elle était dépressive, il se sentait coupable. Dans les premiers temps, il n'était même pas capable de l'appeler ou de répondre à ses messages. A priori, l'ambiance chez lui n'avait pas changé.

— Et sinon, vous aviez des projets à court terme ?

— Moi, pas trop. Lui, il voulait suivre des cours d'art dramatique, sauf qu'il n'avait pas une thune. Il disait qu'il allait chercher un boulot pour pouvoir s'inscrire dans une école de théâtre. C'était vraiment son trip. Un jour, au début de l'été, il est parti. Il m'a laissé un mot : « Merci d'avoir été là. Ne rate pas ta vie à cause de moi. *Take care. With love.* »

— C'est tout ?

— C'est tout...

— Vous avez eu de ses nouvelles ensuite ?

— Non, mais je n'ai pas cherché à en avoir. Vers la Toussaint, il m'a appelée pour savoir ce que je devenais, ça m'a touchée mais, en même temps, chacun traçait sa route. J'étais à Paris, inscrite en BTS de commerce, je faisais une alternance.

— Et lui ?
— Il m'a dit qu'il était hébergé chez un copain à La Rochelle, il attendait une réponse pour un logement dans un foyer et un petit boulot dans une jardinerie ou une épicerie bio. Je sais plus trop. Voilà, c'est tout ce que je peux vous dire.
— Rien d'autre à ajouter, vous en êtes certaine ?
— Non, je ne vois pas.
— Il y a un truc qui me chiffonne. Le père qui pète un câble au point de virer son fils parce qu'il le trouve avec vous en train de... on va dire, prendre du bon temps et s'amuser... Ça me paraît comment dire... disproportionné, parce que ça ne choque personne aujourd'hui, ce genre de chose, alors, forcément, je ne peux pas m'empêcher de penser que vous ne m'avez pas tout dit...

Il avait une bonne intuition, ce flic, comme s'il lisait dans mes pensées. Il m'a presque fichu les jetons.

— Bah, en fait, le père était... comment expliquer, il avait... un problème..., ai-je fini par avouer après un long silence. Un jour, j'étais avec lui en voiture, il devait me déposer devant l'école de Paul. À un moment donné, il a posé sa main sur ma cuisse et a commencé à me caresser. J'ai tout de suite mis le holà en le regardant droit dans les yeux. Je lui ai dit clairement qu'il ne devait plus jamais recommencer.
— Et, alors, comment a-t-il réagi ?
— Il a rigolé. J'ai claqué la portière de la voiture et j'ai continué à pied.
— Y a-t-il eu d'autres incidents de ce genre ?
— Oui, deux fois. À chaque fois, j'étais seule à la maison. Un matin, j'étais dans la cuisine en train de vider le lave-vaisselle, il s'est approché de moi par-derrière, j'ai failli lâcher ce que j'avais dans les mains. J'ai hurlé, ça l'a fait fuir. La fois d'après, c'était un soir, je l'ai croisé en rentrant dans mon studio ; lui, il remontait de la cave. Il a voulu me coincer contre le mur. Je lui ai foutu un coup de genou dans les couilles, et il s'est écroulé. Je me suis barricadée dans ma chambre jusqu'au lendemain. Vous imaginez, après ça, j'étais super mal à l'aise,

il fallait à tout prix que j'évite de me trouver seule en sa présence ; lui, il ne m'a plus jamais regardée en face.

—Vous n'avez pas essayé d'en parler à quelqu'un ?

—À qui ? Sa femme ne m'aurait pas crue. Elle devait pourtant bien se douter que son mari n'était pas clean, parce que, en plus, il était alcoolo, c'est clair.

Le flic a planté ses yeux dans les miens et m'a déclaré :

—Et sinon, on a retrouvé du shit et de la coke sur place, c'était pour votre consommation, du deal, ou les deux ?

Je me suis retrouvée comme une conne, mais j'ai l'habitude de ce genre de provocation. Bien sûr, j'ai minimisé. Qu'est-ce que je pouvais faire d'autre ? De toute façon, ce n'était pas l'objet de l'enquête. L'interrogatoire s'est arrêté là. Il m'a laissée partir, et je me suis tirée la tête haute.

Jean Legal,
directeur du théâtre Elsa Triolet à La Rochelle

Extrait du procès-verbal d'audition

Je ne peux pas dire que ma première impression a été positive. Lorsque j'ai aperçu Nicolas dans mon théâtre, il était vautré sur une chaise dans le couloir devant la porte de mon bureau. J'avais mille choses en tête, j'étais accaparé par des problèmes de subventions qui n'aboutissaient pas, des tracas administratifs, du personnel absent. Lorsque je me suis approché de lui, il m'a littéralement sauté dessus en m'expliquant qu'il voulait absolument me rencontrer. Il avait le théâtre dans la peau, il était prêt à faire n'importe quoi pour être engagé dans ma troupe.

En fin de compte, mon a priori s'est vite dissipé. Il avait l'air d'un beau gosse sympa qui inspire confiance avec son sourire et sa bonne tête. Je l'ai écouté et j'ai senti dans son discours une fragilité, sans doute aussi des blessures et des failles qui donnaient un accent de sincérité à ce qu'il me racontait. J'ai compris qu'il était en galère. Bien sûr, cela ne me regardait pas, en même temps j'ai perçu qu'avec la sensibilité qui était la sienne il serait capable de puiser les ressources que tout acteur se doit de posséder pour parfaire le relief, la profondeur et la véracité de son jeu. Je n'avais rien à lui proposer dans l'immédiat. Comme j'avais un peu de temps, je l'ai invité à boire un verre.

Il a commencé par me parler de ses auteurs préférés, puis il s'est mis à déclamer du Baudelaire, du Victor Hugo, et a fini par quelques tirades du *Mariage de Figaro*. La qualité de son jeu m'a sidéré. Pas le moindre faux pas, tout sonnait juste. J'ai noté qu'il savait parfaitement moduler le ton de sa voix, il respectait la respiration des phrases et maîtrisait à merveille l'articulation de chaque mot. Quant à l'expression de son visage, elle collait parfaitement à chaque rôle qu'il endossait, tout y passait : la colère, la passion, la détresse ou la joie. Je lui ai demandé s'il avait suivi des cours. Il m'a répondu qu'il avait passé des nuits entières à visionner des extraits de pièces de théâtre sur YouTube et appris par cœur des tirades complètes de *L'Avare*, du *Bourgeois gentilhomme* et de *Dom Juan*. J'étais bluffé. Je lui ai donné les coordonnées d'Anna Holzmann, qui avait monté un cours de théâtre amateur quelques mois plus tôt dans le centre. J'étais loin d'imaginer la suite.

— Voilà tout ce que je peux vous dire, ai-je déclaré au commandant Wagner.

Anna Holzmann,
directrice de la troupe amateur Pirandello

Extrait du procès-verbal d'audition

« La première fois que j'ai rencontré Nicolas, les répétitions venaient de s'achever. Tout le monde était parti. J'étais en train de mettre de l'ordre dans mes textes. Il s'est approché de la scène en me disant qu'il venait de la part d'un de mes amis. Effectivement, Jean m'avait appelée la veille.

« Ce qui m'a d'abord frappée, c'est l'intensité et la transparence de son regard. Un regard d'eau claire, bleu lagon. Dans ses cheveux blonds, il y avait comme un mouvement qui m'a fait penser aux blés ondulant sous le souffle du vent. Je suis tombée sous le charme à la seconde où je l'ai vu. Je sais, cela peut paraître bateau, mais que voulez-vous, je ne peux pas le dire autrement.

« Il s'est rendu compte du trouble qui était le mien et de l'effet qu'il me faisait, mais n'en a pas profité. J'ai apprécié cette délicatesse. Jean m'avait dit que ce garçon me plairait, mais je n'avais pas envisagé les choses de cette manière. Il m'avait surtout vanté la maîtrise et la justesse de son jeu. Qui plus est, Nicolas était autodidacte. Rien que cela en disait long sur son tempérament. J'aime les êtres qui ont quelque chose dans le ventre, qui relèvent des défis et sont capables de renverser leur destin.

« Ce qui m'a touchée, c'est qu'il avait à la fois la force et la fragilité de ces jeunes au sortir de l'adolescence. Même si je ne l'ai pas fréquenté longtemps, j'ai appris à le comprendre par ses silences. Il était tout en pudeur et en retenue. J'ai deviné qu'il avait des difficultés financières parce qu'il arrivait le soir, aux répétitions, les yeux cernés, les mains sales et abîmées – il avait passé la journée, je l'ai su après, à transporter et à déballer des cartons dans l'épicerie où il travaillait. Il avait beaucoup de mérite. Contrairement aux autres qui venaient là pour se distraire ou améliorer leur aisance à parler en public, lui connaissait ses textes sur le bout des doigts et ne butait sur aucun passage. Son jeu était vraiment impressionnant. Il habitait totalement ses personnages ; ses outrances, ses colères avaient beau être apprises, elles sonnaient juste. Il était tout simplement bouleversant.

« Des personnes comme lui, on n'en rencontre pas tous les jours. Comme tous les êtres à part, il avait quelque chose d'insaisissable.

« Quand j'ai appris ce qu'il lui était arrivé, j'ai été terriblement choquée. Je n'ai pas compris, je ne m'étais doutée de rien. Un gâchis, cette si courte vie ! Je n'ai pas pu m'empêcher de penser à tout ce qu'il n'avait pas eu le temps d'accomplir ni l'occasion d'exprimer. Le monde a été privé de son talent. C'est terriblement injuste et effrayant. Je ne suis pas près d'oublier ce garçon. »

Jeff Larivière

Extrait du procès-verbal d'audition

« Nicolas était mon voisin au foyer. Il est arrivé six mois après moi. Au début, j'avoue, j'ai eu des a priori à cause de son nom à particule. Un Versaillais ! En fait, je me suis vite rendu compte que c'était un mec sympa, sans chichis. On pouvait parler de tout avec lui. Il était toujours prêt à rendre service. Un jour, j'avais plus de fric, il a proposé de me dépanner et s'est débrouillé pour m'avancer un peu de thune sur sa paye. Une autre fois, il m'a aidé à faire des mises à jour sur un vieil ordi que j'avais depuis des années. Il a passé un temps de dingue à vérifier le système, les antivirus, et à installer un firewall. Moi, j'y connais pas grand-chose. Lui, il avait l'air de toucher sa bille. Quand j'ai voulu l'inviter à boire un coup pour le remercier, il a jamais voulu.

« J'ai pas trop compris pourquoi il était arrivé là, il parlait pratiquement pas de lui, ni de sa famille. Par contre, ses potes comptaient beaucoup pour lui. Il arrêtait pas de les appeler ou de leur envoyer des messages.

« Plusieurs fois, il a organisé des soirées tapas pour tous les gars qui étaient sur place. Il y avait une ambiance trop cool avec lui ! On se marrait à écouter ses blagues, et il cuisinait trop bien.

« La nuit, je l'entendais souvent parler tout seul jusque vers 3 ou 4 heures du mat'. Je sais pas ce qu'il foutait. Il paraît qu'il faisait du théâtre. Peut-être bien qu'il répétait ses rôles. En tout cas, il devait être bon, parce qu'à le voir comme ça on pouvait pas deviner qu'il allait si mal. En fait, il cachait bien son jeu.

« Le matin où je l'ai découvert, son réveil sonnait non-stop depuis dix minutes. C'est pour ça que je suis allé dans sa chambre. Quand je l'ai trouvé pendu au radiateur, ça m'a fait un choc monstrueux. Je n'oublierai jamais. Cette histoire, ça m'a foutu grave les boules, parce que j'ai rien vu venir. Je crois que ça va prendre du temps avant que je m'en remette. »

Jean-Pierre Lagrange

Extrait du procès-verbal d'audition

« Je gère le foyer des Hirondelles à La Rochelle depuis presque huit ans. Le dossier de Nicolas de Jarnac m'a été transmis par l'assistante sociale du département, à l'automne 2019. Sur son dossier, il était indiqué « Déclassement social ». Elle m'avait appelé pour m'expliquer son parcours. On n'a pas l'habitude d'avoir des jeunes de Versailles. En général, ceux qui arrivent chez nous viennent plutôt de milieux défavorisés. Alors que, là, c'était tout le contraire. Je me souviens très bien de lui. Il a débarqué un matin d'octobre, un sac à dos sur l'épaule et un sourire aux lèvres. L'expression de joie sur son visage m'a marqué parce qu'elle détonnait vraiment dans notre foyer, un lieu d'accueil d'urgence où les gens arrivent la plupart du temps dans une situation de détresse extrême. Ce jour-là, le temps était particulièrement maussade. Alors, je peux dire que son sourire a illuminé ma journée. J'ai pensé qu'il n'était pas comme les autres.

« Ce que je peux ajouter, c'est qu'il a apporté de la joie de vivre et du soleil dans ce foyer où nous prenons en charge beaucoup de cas compliqués, voire dramatiques : des réfugiés, des demandeurs d'asile, des ex-toxicos, des types avec des histoires lourdes.

« Le lendemain de son arrivée, il a allumé le feu. Enfin, je veux dire qu'il a créé l'événement. Il a attrapé une guitare et a commencé à jouer des airs de flamenco endiablés. Il avait le rythme dans la peau, ça se voyait, il vivait sa musique. Tous les gars qui étaient là ne s'y sont pas trompés, ils se sont mis à chanter et à danser jusque tard dans la nuit.

Le lendemain, tout le monde parlait de Nicky. Il était rebaptisé ! J'étais sous le charme, moi aussi. Sa façon d'être a généré une sorte d'esprit de cohésion, même chez les plus taciturnes. Il avait l'art et la manière de susciter la bonne humeur, de faire rire, de casser les codes et dépasser les clivages.

« Du coup, je lui ai demandé de refaire ça le samedi suivant. Il a tout de suite dit oui. Ça a continué tous les samedis. À partir de ce moment-là, j'ai observé qu'il y avait moins de problèmes, moins de tensions entre les gars du foyer. Ils arrivaient à se parler, à faire des choses ensemble. C'est peut-être un détail mais, par exemple, avant, les gars d'une même communauté se retrouvaient, cuisinaient et mangeaient entre eux. Pareil pour le reste. Ils ne se mélangeaient pas. Lui, il arrivait, il souriait, et c'était parti ; une pirouette par-ci, un mime par-là, il captait le regard, et tout le monde suivait, ça créait une connexion entre des gens qui, souvent, ne parlaient pas la même langue. Toutes les émotions passaient sur son visage : le rire, la peur, la tristesse. Il suffisait de le regarder pour s'embarquer dans son univers. Il était fascinant. Je pense qu'il avait un don. On m'a dit qu'il faisait du théâtre amateur. Pour moi, il aurait carrément pu être pro.

« Les dernières semaines avant le drame, il s'est beaucoup absenté. Du coup, il n'y a plus eu de soirée flamenco. Tout le monde avait hâte que ça reprenne. Alors, la nouvelle de son suicide a créé une onde de choc dans le foyer. Personne n'y croyait, parce que personne n'aurait pu le prévoir, personne ! C'est terrible.

« En tout cas, on n'est pas près de l'oublier, Nicky, il était hors norme. Vraiment. »

Commandant Wagner

Aurélien Lavigne, c'est le genre de gamin authentique. Quand je l'ai vu arriver, il m'a tout de suite fait l'effet d'un vrai gentil. On sent ces choses-là, ça ne s'explique pas, c'est une sorte d'instinct. Bien sûr, il était choqué par cette histoire qui le touchait de près. Un peu taiseux, comme tous les gosses de son âge à qui il faut tirer les vers du nez. Il m'a expliqué qu'il avait connu Nicolas au collège, ils avaient été dans les mêmes classes de la sixième à la terminale. Chaque été, depuis la quatrième, leurs parents les faisaient partir ensemble pendant un mois en Angleterre, avec la bonne vieille formule « hébergement en famille, cours d'anglais le matin, visites l'après-midi ». C'est comme ça qu'ils sont devenus incollables sur les stations balnéaires du sud-ouest de l'Angleterre. Quitte à apprendre l'anglais, autant le faire dans des conditions optimales et, au bord de la mer, il n'y avait pas mieux pour faire connaissance avec les filles du coin ! Bref, a-t-il conclu, il avait des tas de souvenirs avec Nicolas. Il l'aimait comme un frère. Apparemment, c'était réciproque.

Tout a dérapé avec l'arrivée d'Aurore, Nicolas en est tombé raide dingue au premier regard. Apparemment, c'était une rebelle au sang chaud. Quand il est parti avec elle, tous les potes ont été sous le choc. Surtout qu'il a tout largué du jour au lendemain, sa famille, ses amis, le lycée, le bac, tout, quoi... Pourtant, Nicolas n'était pas le genre de type à tout envoyer balader, d'autant qu'il était quand même un bon élève, quoi qu'en dise son père. Personne n'avait compris. Bien sûr, lui,

Aurélien, avait eu de ses nouvelles par SMS, sur WhatsApp, mais c'était plus pareil. Pendant les dernières vacances de février, il avait pu héberger Nicolas, car ses parents étaient partis au ski avec ses frères et sœurs. Sauf qu'il n'avait pas eu trop de temps à lui consacrer parce qu'il était en première année de médecine. Il ingurgitait des polycopiés du matin au soir. Après, Nicolas avait passé une semaine chez sa grand-tante Denise, il en avait profité pour voir sa mère en douce et des tas de vieux potes du lycée. Avant de repartir pour La Rochelle, Nicolas lui avait demandé de faire l'interface avec sa mère : ça voulait dire que s'il n'arrivait pas à la joindre, Nicolas pouvait passer par lui, Aurélien, pour la contacter, ou l'inverse. Nicolas avait insisté là-dessus. Sa mère comptait énormément pour lui.

Quelques semaines avant la mort de Nicolas, Aurélien avait senti un truc pas clair lors d'une conversation téléphonique. Nicolas avait laissé entendre qu'il était stressé, très perturbé. Apparemment, il avait une embrouille avec un employé de l'épicerie bio où il travaillait. Quelqu'un chapardait dans les réserves, et les soupçons du patron se portaient sur Nicolas...

Bien évidemment, ce n'était pas lui. On en a eu la confirmation en visionnant les enregistrements des caméras de surveillance de l'entrepôt. On y voyait clairement Nicolas se faire coller au mur par cet employé, un Serbe recherché par Interpol, un vrai molosse chez qui on a retrouvé un joli stock de matériel téléphonique volé, quelques grammes de coke, des armes de poing, et des cartons entiers de conserves, de plaquettes de chocolat provenant de l'épicerie bio... Deux autres employés ont affirmé les avoir vus en train de se battre sur le parking. Ce type a été interpellé et placé en garde à vue.

Pour finir, Aurélien ne savait pas si cela pouvait avoir un intérêt pour l'enquête, mais il a ajouté qu'en plus d'être stressé Nicolas avait des maux de tête intenses qui ne se dissipaient pas avec des anti-douleurs classiques. Il avait aussi des nausées, des vomissements, et parfois des troubles de la vision. Il devait passer des examens.

Laurie

C'était la troisième ou quatrième fois que j'étais convoquée par le commandant Wagner au commissariat. Il fouillait dans les moindres détails, ce type. Il me posait de ces questions, pires que des colles. Comment je pouvais savoir si les parents avaient encore des sentiments l'un pour l'autre ? Tout ce que je sais, c'est qu'ils s'engueulaient fréquemment. C'était tendu entre eux, mais qui dit tension ne dit pas toujours absence de sentiments ; y en a, plus ils s'engueulent, plus ils s'aiment. Évidemment, ça avait pas l'air d'être leur cas, on sentait qu'y avait plus grand-chose qui les unissait. Au niveau dialogue, c'était pas terrible. Ils se parlaient quasiment pas. Je lui ai raconté tout ce que j'ai vu et entendu. Le commandant est revenu sur la semaine précédant le drame.

— Essayez de vous rappeler, c'est important. Le père s'est absenté le 25 juin, savez-vous pourquoi ?

— Il a eu un coup de fil et, presque tout de suite après, il a dit à sa femme qu'il devait se déplacer pour une urgence sur un site de production.

— Il a dit où il allait ?

— Il parlait de la région de La Rochelle.

— Avez-vous une idée précise de son heure de départ ?

— Ben, il était pas loin de midi, j'étais en train de mettre la table et il s'est barré sans manger.

— Savez-vous quand il est revenu ?

— Aucune idée. Je l'ai revu que le lendemain matin, il a dû rentrer tard dans la nuit. Je me suis couchée comme d'habitude, un peu après 1 heure, et il était toujours pas rentré.

— Le lendemain, vous n'avez rien remarqué de particulier ?

— Il était peut-être un peu plus renfermé que d'habitude mais, comme il s'était engueulé avec sa femme la veille, je pensais qu'ils continuaient à se faire la gueule. En tout cas, ils se sont pas adressé la parole de la journée, du moins de ce que j'ai pu entendre. Il tirait tellement la tronche qu'il m'a même pas dit bonjour. Il semblait nous éviter. On l'a pratiquement pas vu de la journée, il a pas voulu manger avec nous, ni à midi ni le soir. Il s'est enfermé dans la cave. En début d'après-midi, je suis passée chercher mes lunettes de soleil dans mon studio et j'ai entendu beaucoup de bruit, un vrai remue-ménage. Il déplaçait des objets, il ouvrait et refermait des fermetures Éclair. Il farfouillait dans des caisses à outils, je percevais des cliquetis métalliques. Le lendemain matin, il est parti en voiture et est rentré en fin d'après-midi.

— Vers quelle heure ?

— 16 heures, peut-être.

— Et la mère, pouvez-vous me dire ce qu'elle a fait cette semaine-là ?

— Attendez voir... Le lundi et le mardi, elle a passé son concours ; le mercredi et le jeudi, elle a filé un gros coup de main à Antoine et Augustin pour le rangement et le nettoyage de leurs chambres ; le vendredi, je sais plus trop, et le dernier jour, c'était samedi... elle est sortie en ville le matin et elle a passé l'après-midi sur la terrasse, allongée sur sa chaise longue.

— Et vous ?

— Moi, ça varie peu : le matin, un peu de rangement, préparation des repas. L'après-midi, jeux avec Polo dans le jardin. Le dernier soir, j'ai pas dîné avec eux, j'avais prévu de rentrer à Rouen pour y passer une semaine. J'avais pas revu ma famille depuis le confinement. Seulement, à cause de travaux sur la ligne de Saint-Lazare, le trafic était interrompu chaque jour, de mai à août, entre 18 heures et 7 heures. J'avais pas anticipé cette galère. Comme j'avais besoin de faire un break, je me suis posée dans un café. Je me suis dit que je prendrais un train le lendemain matin. J'ai appelé ma mère pour la prévenir. Après, je me suis payé un MacDo et une séance de cinéma. Quand je suis rentrée, il était entre minuit et 1 heure.

—Vous n'avez croisé personne ?
—Non, ils étaient tous au lit.
—Vous avez fait quoi ?
—J'ai pris une douche et je me suis couchée.
—Et c'est vers 2 heures que vous avez entendu ces coups de feu ?
—Oui, entre 2 et 3 heures du matin.
—Pourriez-vous décrire ce qui s'est passé exactement ?
—J'ai entendu des coups de feu, deux, il me semble bien. J'ai d'abord cru que c'était dans mon rêve. Quelques minutes après, il y a eu trois détonations assez proches et, ensuite, une dernière. J'ai compris que c'était pas un rêve... J'étais terrorisée... incapable de bouger. Après un long moment, j'ai fini par monter. J'ai ouvert la porte de la chambre de Polo, c'était horrible... Ensuite, je suis allée dans la chambre d'Augustin, puis d'Antoine. C'était pareil. Aussi insupportable. Dans la chambre des parents, personne. J'ai découvert le père baignant dans une mare de sang dans la salle de bains attenante. Y avait un revolver à côté de lui. La mère, elle, je l'ai trouvée dans la chambre d'amis du premier étage, son corps inanimé étendu sur le lit, elle avait du sang à la tempe.
—Et après ?
—Je sais plus. J'ai un trou de mémoire
—Vous avez appelé les secours ?
—Je me rappelle plus.
—Ils ont reçu votre appel peu après 4 heures.
—Si vous le dites.

Commandant Wagner

On a eu le rapport de la balistique. Tout semble indiquer que Pierre de Jarnac a assassiné sa femme et ses enfants, et qu'ensuite il s'est tiré une balle dans la tête. Ce qui est curieux, c'est que sa femme a eu droit à deux balles dans le crâne. Pourquoi? On ne saura jamais. Ce flingue, ça fait des années qu'il le possédait. Il avait un port d'arme en règle. En même temps, comme il travaillait dans une boîte de sécurité et d'armement, il n'a eu aucun mal à se le procurer.

Le labo nous a communiqué les résultats des prélèvements sanguins, on a retrouvé des traces importantes de calmants et de somnifères dans le sang de chacune des victimes et un fort taux d'alcool dans celui de Pierre de Jarnac. Il avait tout prévu. Sauf le retour de Laurie. Heureusement pour elle, il ne l'a pas entendue rentrer.

D'après le rapport d'enquête effectué par la gendarmerie de La Rochelle, il ressort que la mort de Nicolas est bien consécutive à un suicide. Jusque-là, rien de neuf.

Je poursuis la lecture du document, et le mouvement de mes yeux s'accélère. Durant la fouille effectuée dans la chambre de Nicolas, les enquêteurs ont découvert des tas d'examens médicaux: des IRM, des scanners, des analyses sanguines. La conclusion est formelle: il était atteint d'une tumeur au cerveau de grade IV, située dans une zone techniquement inaccessible. Inopérable, donc.

J'interromps ma lecture. Il me semble saisir le choc, mesurer la solitude qu'a dû ressentir ce gosse tout juste sorti de l'adolescence quand il a appris cette terrible nouvelle. Les derniers examens datent de début juin. Quelques semaines plus tard, il mettait fin à ses jours. Je songe soudain qu'aucun mot d'adieu n'a été retrouvé.

J'ai beau avoir la peau dure, je suis saisi d'émotion. Mes mains tremblent légèrement, comme si la brutalité et la désespérance de ce geste contaminaient mon intériorité. Je vais dans la cuisine faire une pause et me servir une bière. Je m'installe sur le balcon, inspire profondément et ferme les yeux.

Je dois avoir les idées claires pour m'approcher au plus près de la vérité et préparer mon rapport. La vérité, c'est l'une de mes principales obsessions. Il faut dire que, gamin, j'ai morflé à cause de ça, justement. Avec ses silences, ses non-dits, ses demi-vérités, mon père a tellement torturé ma mère que ça l'a tuée à petit feu. Cela dit, je n'ai pas fait mieux. À force de raconter des bobards, j'ai dans une large mesure contribué à creuser le fossé qui me séparait de Mathilde ; elle a fini par me quitter et faire de moi ce père intermittent que je suis devenu. Depuis, la vérité, j'en ai fait mon cheval de bataille, et j'ai compris une chose : quand on est dans le vrai, on touche juste.

Bien sûr, la vérité n'est ni une ni absolue. Elle est multiple. Dès lors, comment l'établir, la mesurer, la révéler, la garantir ? Dans mon quotidien de flic, il convient avant tout d'apporter des preuves, des indices pour la rendre visible, lisible, et la faire éclater au grand jour. Je m'y emploie avec la patience d'un chien qui suit une piste et qui va jusqu'au bout, quitte à s'égarer, rebrousser chemin ou tourner en rond. La vérité, je l'ai appris à mes dépens, est aussi fragile que le jour est fugace...

Pour revenir à mes moutons, je suis parti de l'hypothèse que le lien entre les deux affaires pouvait s'établir de la façon suivante : Nicolas s'est donné la mort dans la nuit du 24 au 25 juin entre minuit et 2 heures du matin, le rapport d'autopsie l'a confirmé. Outre la coupure avec sa famille, les embrouilles avec son collègue de l'épicerie, la cause de son suicide serait due à la découverte de sa maladie incurable. D'après le médecin qui le suivait, il aurait refusé ses propositions de soins palliatifs. Pierre, son père, convoqué par la gendarmerie de La Rochelle, s'est rendu seul sur place, le 25 juin après-midi, pour identifier le corps de son fils. De retour à son domicile, à Versailles, dans la nuit du 25 au 26 juin, il n'a informé aucun membre de sa famille de ce suicide. Au vu de la situation financière dégradée du couple (surendettement ++), au vue de sa situation professionnelle très incertaine (suppression de son poste à moins de six mois), au vu de la nouvelle du suicide de son fils, dont il s'est sans doute senti responsable, il apparaît tout à fait plausible que, dans un accès de désespoir, Pierre de Jarnac ait exécuté sa femme, ses trois enfants, et se soit ensuite donné la mort dans la nuit du 27 au 28 juin. Les empreintes relevées sur l'arme à feu retrouvée à son côté sont les siennes, les traces de poudre relevées sur site ainsi que sur ses vêtements confirment cette hypothèse.

Voilà ce que le résultat du labo, les relevés d'empreintes, les auditions des différents témoins (membres de la famille, voisins, collègues, proches, baby-sitters, psychologue, médecin légiste...) m'ont amené à conclure. J'avais affaire à deux faits divers tragiques pas tout à fait ordinaires, que reliait l'incompréhension d'un père envers son fils aîné. Je ne pouvais m'empêcher de porter un regard désabusé sur ces vies réduites à néant par le fait d'un seul homme. Un homme à la fois obsédé par la soif de réussite et le goût de l'argent, et qui, certainement déjà fragilisé par ses échecs, ses addictions, sa ruine, a été anéanti par le suicide de son fils, ce qui l'a conduit à commettre les meurtres que l'on connaît.

Le plus troublant dans ce genre d'affaires, c'est qu'on a d'un côté le destin qui frappe, avec la maladie, et de l'autre, une personnalité telle que Pierre de Jarnac qui, comme de nombreux névrosés terriblement seuls et mal dans leur peau, finit par perdre la raison.

On en revient toujours à l'humain, à ses faiblesses, ses fragilités et ses failles. En fin de compte, on a quand même un suicidé et une famille entière assassinée.

Laurie

Feyraud continuait de m'écouter en prenant des notes. J'arrivais à la fin.

Le jour de l'enterrement, en plus d'être super triste, j'étais tellement furieuse. D'abord, parce que si y avait un bon Dieu, je comprenais pas pourquoi il avait laissé faire ça. Ensuite, à cause de cette cochonnerie de virus qui limitait le nombre de personnes dans les lieux de culte, j'ai pas pu assister à la cérémonie religieuse. Même si je connais rien à Jésus et aux curés, je voulais leur dire au revoir. « Vous ne faites pas partie de la famille », on m'avait dit. Ça aussi, ça m'avait gavée grave.

Je sais bien que j'étais rien pour eux, même si j'avais partagé leur vie pendant presque neuf mois. Je suis restée sur le parvis de l'église sous une chaleur de plomb. Y avait pas un pet d'air. J'ai attendu jusqu'à la fin de l'office. À la sortie, j'ai à peine reconnu la tante Denise tellement elle était ravagée par le chagrin.

J'ai pas bougé d'un iota. Je voulais à tout prix voir Polo une dernière fois. Quand j'ai vu son petit cercueil tout blanc porté par les employés des pompes funèbres, j'ai éclaté en sanglots. Sous le soleil de juillet, la blancheur du bois m'a sauté à la figure. Même avec cette chaleur à crever, mes larmes séchaient pas. Quand le corbillard est passé devant moi, comme je suis pas très calée en prières, j'ai lancé comme ça, en l'air : « Quand tu seras là-haut, fais-moi signe, envoie-moi des oiseaux, je saurai que c'est toi ! »

Une semaine plus tard, j'étais de retour à Rouen. Quand j'ai ouvert les volets le dimanche matin, y avait un merle devant ma fenêtre. Pas sauvage du tout. J'ai pas tout de suite fait le rapprochement. Les jours qui ont suivi, deux mésanges sont venues plusieurs fois picorer sur le balcon, une bleue et une jaune; elles m'ont regardée étrangement, ça m'a fait chaud au cœur. Le truc chelou, c'est que ça a continué comme ça tout l'été. Toutes ces coïncidences, ça commençait à faire beaucoup. Je me voyais pas en parler à ma mère, ni à Mélissa. Elles se seraient foutues de moi. Comment leur faire comprendre ce lien que j'avais avec Polo? Je me suis dit, les gens qu'on aime, faut les protéger. J'ai gardé ça pour moi. J'ai installé une cabane à oiseaux sur le balcon. Depuis, y avait un merle qui passait me voir presque tous les jours. Je l'ai appelé Noirot. Évidemment, il avait une drôle de ressemblance avec celui de la petite bande d'oiseaux de mon Polo. Ce qui est sûr, c'est que ça restera un secret entre lui et moi.

Feyraud m'a regardée droit dans les yeux. «C'est un très beau secret», il a fait.

Épilogue

27 août 2021

Depuis deux mois, je vivais seule dans une chambre de bonne sous les toits. Une sous-location proposée par Sandra, une ancienne copine de fac partie avec son mec faire le tour de l'Europe de l'Est et du Nord en Combi pendant un an. Le matin même, elle m'avait envoyé une série de photos à faire pâlir la Parisienne que j'étais devenue. J'ai pas pu m'empêcher de sourire en la voyant poser dans un pyjama beaucoup trop grand pour elle, tenant un mug de café devant un Combi Volkswagen recouvert de tags fleuris trop stylés, avec derrière un ciel bleu de ouf et une immense dune de sable blanc – « mer Adriatique, en Croatie », précisait-elle.

Il me restait encore des cartons à vider, des objets à ranger et quelques meubles à monter. J'avais une vue imprenable sur tout Paris.

Je commençais une nouvelle vie, je me sentais mieux. Toutes ces séances chez le psy, ça m'avait vraiment aidée à remonter la pente. Feyraud m'avait dit qu'il serait toujours disponible. Je savais que la peur me lâcherait jamais, mais j'arrivais à la maintenir à bonne distance et j'avais l'impression d'avoir digéré ma douleur. J'avais des projets. Je m'étais inscrite dans une formation de puériculture qui devait débuter mi-septembre. J'avais hâte d'y être. Je m'imaginais déjà faire un stage dans une crèche ou dans une halte-garderie avec une bande de gosses, organiser des jeux et des sorties. Avant de commencer, j'avais prévu de passer quelques jours à Rouen pour voir ma mère et Mélissa, qui avait fini par décrocher son bac et s'inscrire en école de commerce.

La nuit tombait, quelques étoiles scintillaient, des hirondelles volaient bas. Malgré l'heure tardive, des enfants jouaient au ballon, on les entendait crier dans la cour de l'immeuble. Un léger frisson m'a caressé la peau, j'ai fermé les yeux. Polo est apparu, je le voyais courir comme un fou, il m'appelait de toutes ses forces. J'ai senti mon cœur s'emballer. Il était là, devant moi. Il me tendait les bras avec son petit air espiègle et son éternel sourire. Derrière lui, y avait une lumière aveuglante, toute blanche, comme un immense soleil. Je lui ai souri et l'ai pris dans mes bras.

L'autrice

Hélène Rumer vit et écrit en région parisienne. Après la publication de *Profil bas* en 2009 et de sa traduction allemande *Niedergeschlagen* en 2012, accueillie avec enthousiasme par la presse suisse, elle signe en 2013 son deuxième roman, *Le Zal*. Elle revient dix ans plus tard avec *Mortelle petite annonce*, dans un tout autre genre : le récit d'un fait divers vu à travers les yeux de ses protagonistes – témoins plus ou moins proches, victimes et coupables.

© 2023 Éditions Pearlbooksedition Zurich

ISBN 978-3-9525475-1-9

Tous droits de traduction, de reproduction et d'adaptation réservés pour tous pays.

Relecture : Claire Réach
Correction : Danièle Bouilly
Mise en page et graphisme : Marco Morgenthaler
Photographie de couverture : *Black and White Lotus*, ViewStock
Impression : Druckerei Odermatt AG, Dallenwil

www.pearlbooksedition.ch